GARÇONS sous surveillance

D0838663

De la même auteure chez Presses Aventure :
Garçons sur la Corde raide, 2011

GARÇONS

sous

surveillance

Stephie Davis

PRESSES AVENTURE

© 2005, 2011 Presses Aventure pour l'édition française
© 2004 Par Stephanie Rowe
© 2011 Illustrations © Géraldine Charette

Presses Aventure, une division de **Les Publications Modus Vivendi inc.**
55, rue Jean-Talon Ouest, 2ᵉ étage
Montréal (Québec) H2R 2W8, CANADA

Première édition en langue française parue en 2005 sous le titre *Garçons sous observation.*

Publié pour la première fois en 2004 par Dorchester Publishing Co., Inc. sous le titre de Studying Boys

Traduit de l'anglais par Catherine Girard-Audet

Responsable de collection : Marie-Eve Labelle
Designer graphique : Émilie Houle
Illustratrice : Géraldine Charette

Dépôt légal – Bibliothèque et Archives nationales du Québec, 2011
Dépôt légal – Bibliothèque et Archives Canada, 2011

ISBN 978-2-89660-242-1

Tous droits réservés. Aucune section de cet ouvrage ne peut être re-produite, mémorisée dans un système central ou transmise de quelque manière que ce soit ou par quelque procédé, électronique, méca-nique, de photocopie, d'enregistrement ou autre, sans la permission écrite de l'éditeur.

Nous reconnaissons l'aide financière du gouvernement du Canada par l'entremise du Fonds du livre du Canada pour nos activités d'édition.

Gouvernement du Québec – Programme de crédit d'impôt pour l'édi-tion de livres – Gestion SODEC

Imprimé au Canada

CHAPiTRE 1

Il n'y avait pas de pizza.

Dès que j'ai mis le pied dans le salon de mon amie Blue Waller et que je l'ai aperçue, assise sur le canapé avec nos deux autres amies, Natalie Page et Allie Morrison, sans pizza, j'ai su que quelque chose ne tournait pas rond. On n'invite pas ses amies chez soi pour manger une pizza sans avoir de pizza; ou alors, c'est que quelque chose ne tourne pas rond.

Mais je n'allais quand même pas leur laisser voir mon étonnement. Je suis très réputée pour mon sérieux, mon sens de l'organisation et parce que je suis toujours en contrôle. J'ai mis beaucoup de temps à acquérir cette réputation, et je n'allais pas commencer à leur dévoiler d'autres aspects de ma personnalité maintenant, comme le fait que j'avais plutôt envie de tourner les talons pour m'enfuir à toute vapeur. N'importe qui aurait voulu déguerpir en voyant la tête que faisait Allie.

C'était sa tête « parlons garçons ». Croyez-moi, vous ne voulez pas « parler garçons » avec Allie. Dans le rayon du garçon, Allie, c'est la reine.

Et moi, pas.

Moi, question garçon, je suis plutôt dans le genre sous-douée.

— Entre, Frances.

Blue m'a souri en tapotant le canapé à côté d'elle.

– Où est la pizza ?

J'ai décidé de me camper fermement dans l'embrasure de la porte, question d'être près d'une sortie de secours.

– Oh, elle va arriver éventuellement, a dit Allie vaguement.

C'est ça, ouais.

Ce qui se préparait ce soir n'était pas une de nos « soirées pizza ». Il se tramait autre chose. Quelque chose qu'elles savaient toutes les trois. Et que je ne savais pas.

Un signe certain que la chose allait me déplaire.

– Frances, assieds-toi.

Allie qui me donne un ordre ? Qu'est-ce que c'était que ça ? Nous ne nous donnons jamais d'ordres entre nous.

– Pourquoi ?

Je me suis croisé les bras, et j'ai tenté de prendre mon air « tout est cool ». On était vendredi soir. Aucune de mes amies n'aurait fait ses devoirs un vendredi soir, alors il ne s'agissait certainement pas d'une période d'étude. Pour ma part, je termine toujours mes devoirs le vendredi. Et si la maison brûlait durant le week-end alors que mes devoirs n'étaient pas faits ? J'irais à l'école sans être préparée, les profs perdraient la boule et, moi, ma bourse d'études ; mes parents me renieraient et je serais forcée de me lancer dans le crime pour pourvoir à mes besoins. Je finirais en prison, et ma carrière se résumerait à marcher le long d'une autoroute, vêtue d'une veste orange fluo, ramassant des déchets en compagnie de mon escouade de prison.

C'est un mode de vie qui ne m'attire pas du tout, alors je termine toujours mes devoirs. Ce n'est pas que je sois nulle, faudrait pas croire ça. Qu'est-ce que ça peut faire que je n'aie aucun ami garçon ? (Pour ce qui est d'un petit ami, on repassera, il va sans dire.) Et qu'est-ce que ça peut faire que je n'aie aucune aptitude sociale ? J'en ai rien à cirer.

Bon, d'accord, c'est pas vrai que j'en ai rien à cirer, mais ça ne veut pas dire que je suis prête à sacrifier mon avenir entier seulement pour un peu de plaisir.

Blue s'est levée.

— Frances, nous avons une intervention à faire.

— Une quoi ?

— Une intervention, a dit Allie. Assieds-toi.

J'ai plissé les yeux.

— C'est quoi, une intervention ?

Ça ne me disait rien qui vaille.

— C'est ce que font les amis et la famille quand un de leurs proches a un problème de dépendance, mais qu'il ou elle vit dans le déni. C'est ce que nous avons fait avec mon père pour qu'il cesse de boire, a dit Allie.

— Mais après, ton père a décampé et tes parents se sont divorcés.

Ce n'était pas que je voulais qu'Allie se sente mal, mais ce n'était pas un exemple très stimulant d'intervention.

— Euh, oui ! Mais on est pas mal sûres que tu ne te divorceras pas de nous, a dit Allie.

— Oui, a renchéri Natalie. Tu nous aimes.

— Pour l'instant, je vous aime. Pas certaine de ce que je vais ressentir après ce truc d'intervention. Je ne bois pas, alors c'est quoi ma « dépendance » ?

— Oh, vraiment, Frances. Ne t'inquiète pas tant.

M'inquiéter ? Mais, je ne m'inquiète jamais, moi. Je suis beaucoup trop posée pour m'inquiéter.

Blue a jeté son bras autour de mes épaules et m'a pratiquement forcée à m'asseoir sur le fauteuil à côté du canapé.

Oh, là, là. J'avais l'impression que j'allais subir un interrogatoire, comme si j'avais commis un meurtre ou un truc du genre. J'avais même des palpitations. Des palpitations ! Tu parles d'un symptôme de mauviette !

Blue est retournée s'asseoir sur le canapé à côté d'Allie pendant que Natalie se perchait sur le bout de son fauteuil.

Elles me regardaient toutes.

— Quoi ?

Oups. C'était sorti sur un petit ton un peu cassant. On se calme, Frances.

Elles se sont jeté un regard, comme si elles se demandaient qui devait prendre la parole en premier; Blue a enfin fait un signe de la tête. C'était apparemment elle qui menait. Elle s'est tournée vers moi.

– Frances. C'est à propos de Théo.

– Théo ? Oh mon Dieu ! Est-ce qu'il va bien ? Est-ce que quelque chose lui est arrivé ? Est-ce qu'il a eu un accident de voiture ?

Théo, c'est le grand frère de Blue. Il a dix-sept ans et il est hyper craquant. Bien sûr, je le connais depuis que j'ai trois ans et, à ses yeux, je ne suis que l'amie de Blue, mais tout de même, quel canon. Mon cœur battait maintenant si fort que je n'aurais pas été surprise de le voir jaillir de ma poitrine pour faire le tour de la pièce en hurlant.

– Qu'est-ce qui est arrivé à Théo ?

Blue a eu l'air un peu satisfaite.

– Rien. Il va bien.

– Ah.

Ouf. Du calme.

– Mais il faut que nous parlions de ton béguin pour lui.

– De mon quoi ?

– De ton béguin. Blue a souri. Prouvé par le fait que tu es devenue dingue quand tu as cru que quelque chose lui était arrivé.

Je m'étais parfaitement trahie. Je n'avais pas de réponse.

Allie s'est penchée vers moi.

– Frances, nous aimons toutes Théo parce que nous l'avons connu alors qu'il avait six ans et qu'il s'est cassé la mâchoire en tombant de vélo. Mais maintenant qu'il a dix-sept ans ? Question filles, c'est un salaud. Tu es vraiment trop bien, trop gentille pour lui.

– Théo n'est pas un salaud.

Elles m'ont toutes jeté un de ces regards...

– Bon, bon, ça va. Peut-être un peu.

Ça ne voulait rien dire qu'il ait largué environ huit filles au cours du dernier mois. D'accord, il les avait peut-être toutes emmenées en voiture faire une *balade-batifolage* pour ensuite ne plus jamais les rappeler. Et alors ? Ces filles n'étaient peut-être pas assez bien pour lui. Ou elles étaient peut-être des créatures diaboliques provenant d'une autre planète, qui tentaient de l'assassiner, alors il les éliminait une à une...

D'accord, j'avais peut-être quelques problèmes lorsqu'il était question de Théo.

Peut-être.

– De toute façon, a enchaîné Blue, nous avons décidé qu'il n'y avait qu'un seul remède contre ton obsession.

– Je ne suis pas obsédée.

Le mot était un peu fort. Je le trouvais mignon. La grande affaire.

– D'autres garçons, a annoncé Allie.

Je l'ai regardée avec suspicion.

– De quoi parles-tu ?

– La seule façon efficace de te faire oublier Théo, c'est de te trouver d'autres intérêts. Elle a levé le ton pour couvrir mes protestations.

– Et les devoirs ne comptent pas, a-t-elle terminé.

– Pourquoi pas ?

– Parce que les devoirs, c'est nul, a dit Allie. Les garçons, c'est extra. Aucune comparaison.

Voilà en bref la philosophie d'Allie. L'Univers, c'est les garçons.

– On te donne une semaine pour te faire un nouveau petit ami ou pour t'impliquer dans une activité mixte. Sinon, on s'assoit avec Théo et on lui dit qu'il te plaît. On te dépeindra comme une obsédée, et il sera mal à l'aise et inconfortable avec toi. Alors, il t'évitera et tu ne le verras plus jamais. Tu ne pourras plus entretenir ton obsession pour lui si tu ne le vois plus.

J'ai avalé ma salive.

– Vous allez le dire à Théo ?

Natalie a fait non de la tête.

– Seulement si tu ne t'impliques pas dans une activité mixte au cours des sept prochains jours. Une activité avec des garçons.

— Je sais ce que mixte veut dire, ai-je répliqué sèchement.

C'était tellement injuste. Depuis quand avaient-elles le droit d'intervenir dans ma vie ? Le fait qu'elles soient mes meilleures amies depuis toujours ne voulait pas dire qu'elles avaient le droit de me détruire !

— Mais il n'y a que des filles à mon école. Comment est-ce que j'y trouverai une activité mixte ?

Ha. Je les tenais.

Allie, qui fréquente la même école que moi, m'a fait un petit sourire suffisant. Elle m'a tendu une feuille de papier.

— Voici une liste des activités mixtes que notre école organise avec l'école Field. Tu peux en choisir une et t'inscrire, et on ne dira rien à Théo. Si tu rates une réunion ou que tu abandonnes, alors on parlera à Théo.

— Chantage.

— Bien sûr que c'est du chantage, a dit Blue. C'est à cela que servent les amis.

— Je vous déteste toutes.

Natalie a écarquillé les yeux.

— Pourquoi tu nous détestes ? On prend soin de toi, c'est tout. Tu prends les choses beaucoup trop au sérieux, et on a peur que tu passes à côté de tout ce qui est chouette à l'école. On en est déjà à la moitié de l'année, et tout ce que tu as fait, jusqu'à maintenant, c'est d'étudier.

– Et alors ? J'ai de bonnes notes. J'en suis fière.

Allie a roulé les yeux.

– J'ai embrassé vingt-deux garçons. Ça, c'est de quoi être fière.

– Tu es folle. Vous êtes toutes folles à lier.

– Tu exagères, a dit Blue.

Bien sûr que Blue trouvait que j'exagérais. Maintenant qu'elle avait ce super petit ami de dix-sept ans vraiment mignon, la vie était parfaite pour elle.

Natalie a montré la liste du doigt.

– Tu as une semaine. Vendredi soir prochain, tu dois nous fournir la preuve que tu t'es jointe à l'une de ces activités, sinon, nous prendrons le contrôle de la situation.

– Et qu'est-ce que je fais de mes parents ?

Les parents d'Allie ne se préoccupaient peut-être pas de chacun de ses faits et gestes, mais Natalie et Blue comprendraient mon objection.

– Ils ne me laisseront jamais faire quelque chose qui puisse empiéter sur mon temps d'étude, ai-je terminé.

– On s'en occupera, des parents, a dit Blue. Tu le sais bien.

Ceci venant de la bouche de celle qui a des parents raisonnables. Excentriques, mais raisonnables.

– Les miens ne pensent pas comme des gens normaux.

Natalie a souri.

– Nous sommes quatre, et ils ne sont que deux. Ils n'ont aucune chance.

Et, apparemment, moi non plus.

Le vendredi après-midi, je savais que ma vie était finie.

Je n'allais plus jamais revoir Théo. Il était le seul garçon que j'aurais pu aimer, et je ne le verrais jamais plus après ce vendredi. Je ne m'étais inscrite à aucune de leurs activités attardées, et je n'avais aucune intention de le faire. Ce qui voulait dire que mes amies allaient raconter à Théo que j'étais obsédée par lui, ce qui n'était même pas vrai, et qu'à partir de ce moment il allait s'enfuir en hurlant à chaque fois qu'il me verrait. Ce qui n'arriverait bien sûr que lorsque j'irais à la maison de Blue pour une quelconque raison, moment que Théo choisirait pour s'enfuir et s'enfermer dans sa chambre afin de m'éviter.

Tout ça parce que j'allais à la mauvaise école, une école stupide. Si j'avais fréquenté l'école publique, j'aurais pu croiser Théo dans les corridors et il se serait éventuellement fatigué de m'éviter, mais non ! Mes parents s'étaient bêtement entichés de l'idée que pour que leur aînée soit la première de la famille à aller à l'université, elle devait d'abord fréquenter une école privée pour filles. Dont les frais étaient, bien sûr, entièrement couverts par une bourse d'études.

Ce qui voulait dire qu'une fois que mes amies auraient dit à Théo que je l'aimais, il m'éviterait et je ne le verrais plus jamais.

Je déteste mes amies.

Nous étions vendredi après-midi, il était quatorze heures trente, et je ne m'étais inscrite à aucun club. Je n'avais rencontré aucun garçon, sauf le tatoué de la station-service qui avait craché sur nos pneus pendant que maman ne regardait pas. Je me demandais s'il comptait ?

– Frances !

Je me suis retournée pour apercevoir Allie qui courait derrière moi dans son uniforme d'école, ce qui voulait dire au fond qu'elle ne portait pas de chemise serrée ou de jupe courte qui dévoilait son corps parfait. Pourquoi prendre la peine de se mettre en valeur si l'on étudie dans une école de filles ? Aucune raison.

– Salut, Allie. Quoi de neuf ?

– Alors ? À quelle activité t'es-tu inscrite ?

– Aucune.

J'ai croisé les bras et j'ai attendu.

– Frances !

– Quoi ? ai-je répliqué en lui faisant les gros yeux. Penses-tu vraiment que mes parents me laisseraient m'inscrire dans un club? Je n'ai pas la permission de faire quoi que ce soit à part mes devoirs. Si je peux passer du temps avec vous, c'est seulement parce que je leur dis qu'on fait des devoirs quand on est ensemble.

— Mais c'est vrai que tu fais des devoirs quand on est ensemble. C'est pas ton devoir d'histoire que t'as lu pendant le film l'autre soir?

— Non.

D'accord, mon livre était ouvert sur mes genoux. Et alors? Si le film avait été ennuyeux, j'aurais eu quelque chose d'autre à faire.

— Allons, Frances. Il doit bien y avoir une activité que tes parents accepteraient, a protesté Allie; elle a levé la main et a claqué des doigts. Donne-moi la liste.

— Je l'ai perdue.

— Qu'à cela ne tienne. Elle a pris mon bras pour m'entraîner vers le tableau d'affichage le plus près, là où étaient indiquées l'heure et la date des réunions de quelques-uns des clubs.

— Le Club social. Inscris-toi à celui-là.

— M'inscrire à un club dont la fonction est d'organiser des activités sociales avec des écoles de garçons? Ouais, je suis certaine que mes parents sauteraient sur celui-là.

— Je trouve que ça a l'air amusant.

— Ça ne m'étonne pas de toi.

D'accord, je l'admets, je trouvais que ça avait l'air amusant, moi aussi. Évidemment ! Peut-on rêver plus cool que fréquenter un groupe de mecs pour planifier des parties de plaisir ? Mais je ne l'admettrais jamais devant Allie ou les autres. J'avais une réputation à conserver. En plus, ce n'est pas comme si j'allais un jour avoir le culot de me présenter à l'une de ces réunions. Jamais de la vie. Ce n'était tellement pas moi. Les groupes, ce n'est pas mon truc, et il n'est pas question que je me lance au beau milieu d'un groupe d'ados qui se connaissent déjà pour qu'ils me montrent du doigt en disant : « Visez la nouvelle. Qui l'a invitée, cette ratée ? »

— Et que penses-tu de celui-ci ? Le Club de physique ? Même tes parents ne pourraient pas te refuser ça. Elle a regardé la feuille de plus près. Oh, désolée. Il a été annulé. Manque de participation.

— Allie, c'est ridicule tout ça. Allez, on y va.

— Non. Allie a laissé échapper un cri de victoire et a arraché une affiche du tableau.

— La réunion est ce soir à dix-huit heures. Tu as le temps d'y aller et de respecter ta date limite.

J'ai pris l'annonce pour la lire.

— Le journal de l'école ?

— Oui ! Tu pourras passer du temps avec les gars de Field, mais tu devras aussi écrire des tonnes d'articles. Tu amélioreras tes techniques d'écriture et de recherche. Tu apprendras comment fonctionne un journal. Du coup, tu seras en train d'acquérir des qualifications utiles en petite entreprise. Tes parents seraient enchantés.

– Bof. J'ai relu l'annonce. Ils recherchaient des rédacteurs. Je pourrais peut-être me dégoter des articles à rédiger qui ne nécessiteraient pas que je me présente aux réunions. Ce n'est pas que j'avais peur d'aller aux réunions pleines à craquer de gens que je ne connaissais pas. C'est juste que j'avais des devoirs à faire.

– C'est vrai que la réunion n'est pas très loin de chez moi.

– Un saut de puce. C'est le destin.

– Je vais y penser.

Qu'est-ce que je racontais ? Je n'allais pas y aller. C'est vrai que ça aurait pu être bien de rencontrer d'autres jeunes et tout, mais je n'étais pas le genre à sortir et me faire des tonnes de nouveaux amis. Même si je le voulais, je ne saurais pas comment devenir une fille à l'aise dans un groupe.

– Je t'accompagne. Allie a passé son bras sous le mien. On arrêtera chez moi pour que tu enfiles des vêtements sexy, puis je t'accompagnerai jusque là-bas.

– Primo, je ne porterai pas de vêtements sexy. Secundo, pourquoi tu m'accompagnerais ?

– Parce que, sinon, tu te dégonfleras, c'est sûr.

– Ha ! Tu as tout faux. Je ne me dégonflerai absolument pas.

Il fallait que je trouve le moyen de me débarrasser d'elle avant dix-huit heures pour que je puisse me défiler.

Au cas où je déciderais de ne pas y aller.

Pas que c'était déjà décidé, mais il fallait que je puisse le faire en toute liberté, en temps et lieu.

– C'est ça. En attendant, je ne te quitterai pas d'une semelle d'ici à ce que je te dépose là-bas.

Elle a agrippé mon bras plus fort, façon psychopathe qui allait m'enfermer dans un cachot et me nourrir de raisins secs pour le restant de ma vie.

Génial.

Je déteste mes amies. Est-ce que je l'ai déjà mentionné ?

– Alors, c'est ici.

Natalie, Blue et Allie se sont arrêtées en face d'un petit édifice à bureaux, pendant que je me cachais derrière elles.

– Il n'y a personne. On part.

J'ai tourné les talons pour m'enfuir. Allie a agrippé mon bras avant que je prenne le large.

– Il y a de la lumière à l'étage. Les indications ne disaient pas de prendre l'ascenseur jusqu'à l'étage ?

– Je ne sais pas.

Mon Dieu ! Je n'y arriverais pas ! Entrer dans une pièce remplie de gens qui se connaissaient et qui allaient me regarder comme si j'étais une anormale ? Pas question ! Pourquoi cette activité serait-elle si importante dans ma vie, de toute façon ? Mes notes étaient toujours les meilleures de la classe. C'était amplement suffisant pour m'assurer mon admission à l'université.

— Je suis certaine qu'il fallait se rendre à l'étage.

Allie s'est mise à marcher vers l'édifice, enfonçant ses serres dans mon bras. J'allais avoir des ecchymoses après ce soir. Des ecchymoses qui allaient me rappeler l'horreur qu'était devenue ma vie, grâce aux bons soins de mes anciennes amies.

— Nous allons seulement t'accompagner jusqu'aux ascenseurs, a dit Allie.

Blue et Natalie nous ont emboîté le pas, probablement prêtes à m'attraper si j'essayais de m'enfuir. Pas de problème. Je rentrerais dans l'ascenseur et je ferais semblant d'aller à la réunion. Je laisserais la porte se refermer, et je n'appuierais sur aucun bouton. Je resterais dans l'ascenseur pendant quelques minutes, et une fois qu'elles auraient quitté pour aller chez Blue, je m'enfuirais. Avoir un plan, il n'y a rien de tel !

— Super. J'ai arrêté de me débattre et je me suis mise à marcher docilement à côté d'Allie. Si je faisais semblant d'y aller de mon plein gré, je courais moins le risque qu'elles collent pour s'assurer que j'y aille réellement.

— Tu sais, Frances, je trouve vraiment que tu aurais dû te maquiller, a dit Allie. Tu as des cils foncés magnifiques, mais un peu de fard à joues ne t'aurait pas fait de mal.

— Mes parents ne me laissent pas porter de maquillage.

— Tu peux l'enlever avant de rentrer à la maison, a-t-elle répliqué. Elle a jeté un coup d'œil derrière elle. Vous n'auriez pas du mascara ou du fard à joues?

Blue s'est mise à rire.

— Tu rigoles? Nous utilisons toujours les tiens. C'est toi qui as les meilleurs trucs.

— Ouais, ma mère investit beaucoup en maquillage, a reconnu Allie.

Du maquillage. Je n'arrivais pas à croire qu'elles parlaient de maquillage alors que j'étais en état de panique totale.

Allie a frappé à la porte, et le garde de sécurité est venu ouvrir.

— C'est pour le journal? a-t-il demandé.

— Ouais. Je n'avais malheureusement pas songé à couper la langue d'Allie pour l'empêcher de répondre à la question.

— Prenez l'ascenseur jusqu'à l'étage.

Il nous tenait la porte.

Imbécile. Pourquoi n'a-t-il pas laissé la porte se refermer sur mon visage, me cassant le nez et m'obligeant à partir à toute allure pour l'hôpital? Comme ça, j'aurais pu rater la réunion. Mon visage enflé et tuméfié aurait été un bien petit prix à payer.

Mais non, il restait plutôt planté là à nous tenir la porte grande ouverte comme s'il nous rendait service.

Imbécile.

Mes mains étaient moites. Séduisant.

Blue a appuyé sur le bouton de l'ascenseur et nous l'avons attendu. Je n'avais absolument rien à dire, mis à part qu'elles n'étaient plus mes amies. Mais comme ça aurait pu leur donner un indice sur mes intentions de me défiler, je me suis réfugiée dans un silence stratégique.

L'ascenseur est arrivé… et elles sont toutes montées à bord avec moi ! Ho, hé, ho, ça n'allait pas du tout ! Comment est-ce que j'allais m'enfuir si elles montaient avec moi ?

— Ben, les filles, qu'est-ce que vous faites ?

— On monte avec toi, a répondu Natalie. Pour te soutenir dans ton épreuve.

Elle a appuyé sur le bouton du premier, et la porte s'est lentement refermée.

J'ai coincé mon pied dans la porte pour qu'elle reste ouverte.

— Vous ne pouvez pas monter avec moi.

Natalie a levé un sourcil.

— Pourquoi pas ?

— Parce que j'aurai l'air d'une nulle si vous montez avec moi.

C'est comme si ma mère me déposait.

Les sourcils de Natalie se sont froncés. Excellent.

Puis, Allie a grogné et m'a tirée vers l'arrière pour que mon pied se dégage de la porte.

— Ne sois pas stupide. Tu auras l'air cool si tu te présentes avec des amies.

Les portes se sont fermées, et j'ai eu l'impression que j'allais être malade.

Ah ça, ça ferait une belle entrée mémorable pour tous ces jeunes. Que les portes s'ouvrent sur une nullité horrible, soutenue par ses amies.

J'ai mentionné déjà que j'exècre mes amies ?

En regardant le voyant lumineux de l'ascenseur passer au premier, je me suis demandé à quel âge il était possible de subir une crise cardiaque.

— Frances. Blue s'est penchée sur mon épaule.

— Quoi ? Je fixais les portes, leur intimant de rester fermées.

— Allie m'a poussée à passer l'audition pour la pièce de théâtre et j'étais terrifiée.

— Et alors ?

— Et alors, ça a fonctionné. Aie confiance.

– Tu parles.

D'accord, je ne projetais peut-être pas l'image de confiance en soi que je visais.

Trop tard pour me refaire une contenance : les portes s'ouvraient sur le premier. Quelles portes débiles. Je leur avais pourtant bien dit de rester fermées.

Mais non, elles se sont ouvertes, m'exposant à un corridor rempli de jeunes. Des garçons. Des filles. Discutant. Riant. Se faisant des accolades.

Puis, ils se sont tous tournés pour me regarder.

Oh, mon Dieu.

Allie m'a expulsée de l'ascenseur, me poussant dans le corridor. Les portes de l'ascenseur se sont refermées derrière moi.

Je déteste mes amies.

CHAPItRE 2

Ils m'ont tous fixée.

Personne n'a rien dit.

Puis, ils se sont tous remis à parler comme si je n'étais jamais apparue.

Ce qui était parfait; comme ça, je n'avais pas besoin de parler à qui que ce soit.

Ce qui était horrible; je me sentais parfaitement nulle, plantée en face de l'ascenseur dans une salle bondée d'ados indifférents à mon existence.

J'aurais dû porter les vêtements moulants et le maquillage d'Allie. Quelqu'un m'aurait alors peut-être adressé la parole, même si ce n'était qu'un crapaud qui tentait sa chance. Au moins, je n'aurais pas eu l'air d'avoir la peste.

J'ai enfoncé mes mains dans les poches de mon jeans, je me suis reculée contre le mur, et mon coude a accidentellement accroché le bouton de l'ascenseur. J'allais m'esquiver discrètement et oublier tout ce triste épisode.

L'ascenseur n'est pas arrivé.

Mes amies le retenaient probablement en bas.

Je les tuerais toutes, lentement.

C'était nul.

Quelqu'un en avant a sifflé, et un type est entré. Il avait l'air vraiment vieux : sûrement un prof. Il n'était pas de mon école parce que je connaissais tous nos professeurs. Il était peut-être de Field ?

– Merci d'avoir attendu ! Allons dans la salle de conférence et on pourra commencer.

Il a montré du doigt une porte à ma droite, et tout le monde est entré dans la pièce.

Et l'ascenseur de débile qui n'arrivait toujours pas.

Il n'était pas question que j'entre dans cette pièce.

Peut-être que personne ne me remarquerait dans le vestibule, et que je pourrais m'y tapir jusqu'à ce que mes anciennes amies décident de laisser aller l'ascenseur. Excellent plan.

– Salut, tu es nouvelle. Le drôle de prof animateur se tenait juste devant moi. Je suis M. Walker. Et toi ?

– Frances, ai-je murmuré.

– Et tu viens de l'école pour filles North Valley ?

– Ouais.

Mais, dégage !

– J'enseigne à Field.

– Je m'en doutais.

Et maintenant, qu'est-ce que je fais? Je m'en vais? Je lui dis que je me suis trompée d'endroit?

– Un peu nerveuse, hein?

– Non.

J'ai levé le menton et je me suis forcée à le regarder.

– Bien. Entre et nous te trouverons du travail.

M. Walker a mis son bras sur mes épaules pour me propulser dans cette pièce à la noix remplie d'ados à la noix. Ils étaient tous affalés sur des chaises; les filles rigolaient en faisant des yeux de biche aux garçons et tout le monde était maquillé. Enfin, tout le monde sauf les garçons.

– Bonsoir tout le monde, je vous présente Frances. Elle est nouvelle, alors soyez sympas.

Génial. Est-ce que je pourrais avoir l'air un peu plus nulle, s'il vous plaît? Il faut que le prof leur demande d'être gentils avec moi.

Excellent.

– Assieds-toi, Frances.

Où? Toutes les places étaient prises.

Ah oui, sauf une chaise au beau milieu de la pièce.

En avant, au centre.

Pas question.

Je me suis rendue au mur pour m'asseoir sur le plancher, dans le coin. J'ai posé mes mains sur mes cuisses, mais je me suis aperçue qu'elles tremblaient tellement que ça devait se voir même de l'autre côté de la pièce. J'ai fourré mes mains sous mes jambes. Avec un peu de chance, je deviendrais invisible.

M. Walker s'est mis à parler de divers articles que les gens avaient écrits, puis un garçon vraiment mignon a dit que nous devrions faire quelque chose de nouveau et de cool avec notre journal, car les gens commençaient à le trouver ennuyant.

Ils ont tous commencé à lancer des idées et des suggestions, et personne ne m'a remarquée.

Bien.

C'est ce que je voulais.

Ça ne me dérangeait pas le moins du monde d'avoir l'air nulle, et je n'allais tout de même pas souhaiter que les gens me parlent. Ce n'est pas comme si j'avais espéré que quelqu'un ait pu me trouver intéressante.

Bon, d'accord, je l'avais espéré, un peu. Comment faire autrement? Mon Dieu, je me sentais tellement marginale. Est-ce que c'était vraiment censé être amusant, tout ça? Pourquoi les autres se soumettaient-ils volontairement à cette torture? J'aurais pu me trouver à la maison à cet instant, toute à mes devoirs. Ou alors j'aurais pu être à la partie de crosse de Théo avec Blue et ses parents.

Mais non. J'étais prise dans un petit bureau avec une poignée d'autres ados qui se fichaient de mon existence. J'étais sans intérêt.

Ce n'est pas ce qu'on appellerait une sensation agréable.

J'ai pris une profonde inspiration en essayant de penser à autre chose, puisque que je ne pouvais pas vraiment filer sans attirer toute l'attention sur Frances Reine des Nulles. J'ai jeté un coup d'œil sur les gens présents pour compter combien il y avait de personnes qui m'ignoraient.

Après avoir fait un tour d'horizon, je me suis rendu compte que je reconnaissais quelques-unes des filles. C'était assez évident puisqu'elles allaient toutes à mon école. Super. Lundi, lorsqu'elles me verraient dans le corridor, elles me montreraient du doigt et diraient : « Hé, c'est la fille bizarre qui est restée assise dans le coin toute la soirée sans dire un mot. »

– Alors, Frances ? Qu'est-ce que tu en penses ?

J'ai cligné des yeux, et je me suis aperçue que M. Walker de même que tous les autres me regardaient fixement.

– Quoi ?

– Peux-tu écrire cet article ?

– Euh…

– Tu n'écoutais pas ?

Et voilà, le tour était joué ! Pour la première fois de ma vie, il y avait un prof sur ma liste noire. Les professeurs m'adoraient ! Alors, c'était quoi le problème de M. Walker ? Qu'est-ce qui lui prenait de m'humilier devant tout le monde ? Cette soirée allait de mal en pis.

– J'étais totalement à l'écoute. Bien sûr que je l'écrirai, cet article.

– Parfait. Il faudra que tu commences à organiser le Club des devoirs tôt la semaine prochaine pour qu'il y ait eu des séances pendant deux mois avant de nous procurer l'article. Nous le publierons dans le numéro du mois de mai.

Le Club des devoirs? De quoi parlait-il? Mais il avait déjà changé de sujet.

J'ai passé le reste de la réunion à me traiter de tous les noms pour avoir accepté d'écrire cet article. Je supposais que j'allais devoir revenir ici maintenant.

C'était vraiment nul.

Une fois que la réunion a été terminée, j'ai dû attendre trente minutes que les autres cessent de parler à M. Walker, avant que je puisse enfin aller le voir pour découvrir ce qu'était le Club des devoirs.

– M. Walker?

– Oui, Frances. Il ramassait ses papiers et avait l'air prêt à partir.

– Je ne suis vraiment pas certaine de ce que je suis censée faire. Je n'ai jamais travaillé sur un journal, et je n'ai pas parfaitement suivi la discussion.

M. Walker s'est arrêté un instant et il m'a regardée.

– Tu veux que je commence depuis le début?

Aïe! Il savait pertinemment que je n'avais pas écouté.

– Oui, s'il vous plaît.

– Le groupe a décidé que la mission pour ce semestre consiste à convaincre l'administration des deux écoles de permettre aux plus vieux de changer d'école durant leur dernier semestre.

Wow.

– Vous voulez dire que les filles pourraient aller à Field, et que les garçons pourraient aller à North Valley ?

– Oui.

– Wow. Ça ne fonctionnera jamais.

L'administration de North Valley accordait beaucoup trop de valeur au concept de la femme maîtresse de son destin pour risquer de contaminer ses élèves par la présence de garçons dans ses salles de cours.

– Attendez une minute. C'est pas à moi de convaincre les écoles, hein ?

Il a souri.

– Tu t'occupes de la première étape.

– C'est-à-dire ? Je n'aimais vraiment pas l'allure de ce projet.

– Le Club des devoirs. Tu organises un groupe d'étude mixte qui se rencontrera plusieurs fois par semaine. Les élèves travaillent ensemble à s'interroger mutuellement et à faire ce qu'il faut pour que les notes de chacun s'améliorent. Si elles s'améliorent toutes d'ici la fin du semestre, nous aurons franchi la première étape, qui consiste à prouver le succès potentiel de l'union académique des deux écoles.

– Impossible.

Il rigolait ou quoi?

– Je suis censée organiser ça? ai-je terminé.

– Ouais. Et rédiger un article détaillant le succès du programme, a-t-il dit en tapotant mon épaule comme si j'étais un chien obéissant. Tout le monde compte sur toi. C'est important que le projet soit une réussite.

– Je ne peux pas le faire.

J'avais des devoirs à faire. Des engagements. Aucune idée par où commencer. Je ne voulais pas subir la pression ou la responsabilité de...

– Tu n'as pas le choix, a dit M. Walker en fermant sa serviette. Tous les autres sont déjà si occupés par d'autres projets que personne n'a le temps de prendre en charge une telle responsabilité. Tu es la seule qui a du temps à y consacrer.

– Mais...

Il m'a tendu une carte.

– Voici mon adresse électronique. Tiens-moi au courant de l'avancement du projet et envoie-moi un message si tu as des questions ou si tu veux vérifier des détails. Je peux t'aider à trouver un local à Field si tu veux que ça se déroule là-bas.

– Mais…

– Bonne chance, Frances. Restons en contact.

Il m'a dirigée jusqu'à l'ascenseur, où flânaient encore quelques personnes. Là, un grand mec blond, plutôt mignon, m'a souri.

– Merci de t'occuper de ça, Frances. Ça serait tellement génial si on arrivait à faire fonctionner ça.

Wow. Il connaissait mon nom. Il m'avait parlé comme à un être vivant. J'ai essayé de lui sourire en retour.

– Ouais, c'est vrai. Ça va être amusant.

Il a acquiescé, puis il est entré dans l'ascenseur.

J'en ai fait autant et M. Walker nous a emboîté le pas.

Du coup, je ne me sentais plus tout à fait aussi nulle. Je n'avais qu'à demander à ce garçon de venir. Comme ça, je connaîtrais au moins une personne.

Les portes de l'ascenseur se sont ouvertes au rez-de-chaussée.

– Une dernière chose, Frances, a dit M. Walker.

– Quoi ?

– Pour que le projet reste réglo, tu ne peux pas demander aux membres de l'équipe du journal de faire partie du club, et tu ne dois pas révéler notre objectif ultime à ceux qui vont s'y joindre. Le projet doit réussir sans aide indue.

J'ai regardé le garçon, songeant à mes espoirs d'apprendre à le connaître qui fondaient comme neige au soleil.

– Pourquoi?

– Parce que si les participants savent que d'améliorer leurs notes contribuera à créer un programme d'échange, les directions prétendront que les élèves étudiaient en connaissance de cause et que l'amélioration de leurs notes n'est pas révélatrice du succès d'un programme mixte. Tu dois donc t'assurer que le projet porte fruit de lui-même.

Alors, j'allais devoir recruter des garçons et des filles que je ne connaissais pas? Et je devais les faire étudier? C'était sur moi seule que reposait la responsabilité de convaincre l'administration de deux écoles de la pertinence d'un programme d'échange?

Excellent.

Ou pas.

Je n'étais absolument pas capable de faire ça.

Tout ça, c'était la faute de mes ex-amies.

Mes amies.

Elles adoreraient l'idée. Leur chère amie Frances obligée de recruter des garçons pour les faire étudier? Elles en seraient folles. Elles n'accepteraient jamais que j'abandonne.

Mais j'avais une arme secrète. Mes parents. Ils ne me laisseraient jamais faire.

Pas vrai ?

Lorsque je suis enfin arrivée chez-moi, il était presque vingt-deux heures. Maman et papa étaient assis à table, comme d'habitude. Mon père ne rentrait jamais du travail avant vingt et une heures. Ça laissait le temps à maman de faire manger mes frères et sœurs et de les coucher avant qu'il arrive. Comme ça, elle et mon père pouvaient se parler tranquilles.

– Salut.

Je suis entrée dans la cuisine pour m'asseoir. Je n'avais qu'à leur demander maintenant, ils me l'interdiraient et tout irait bien. Ça ne serait pas ma faute, j'aurais rempli les conditions imposées par « le pacte Théo », et mes anciennes amies ne pourraient pas lui révéler qu'il me plaisait.

Ça me semblait beaucoup de torture pour simplement pouvoir conserver le statu quo, mais je n'allais pas m'en faire avec ça. L'important, c'était d'obtenir le refus de mes parents.

– Tu étais à la bibliothèque ce soir ? m'a demandé mon père.

Il portait toujours sa chemise bleue de travail, tachée de cambouis. Depuis que le service de réparation du garage où il travaillait était ouvert jusqu'à vingt et une heures, papa n'arrivait jamais assez tôt à la maison pour avoir le temps de se changer avant le dîner.

Mais, pour lui, ce n'était pas grave. Moi, par contre, si j'osais me présenter à table avec ne serait-ce qu'un pli de travers, on me renvoyait illico à ma chambre. Ça faisait partie du fardeau de l'aînée sur laquelle comptent les parents pour briser le cycle des générations de cols bleus.

— Euh, non, je n'étais pas à la bibliothèque.

Je me suis levée de table pour me servir du chili et prendre quelques croustilles. Ma mère a eu l'air étonnée.

— Tu n'étudiais pas ?

— Non.

Tant qu'à y être, autant ajouter un peu de suspense, question de les inquiéter; ça les inciterait à m'interdire de penser au Club des devoirs. Pour ce qui est de le diriger… on oublierait le projet !

— Où étais-tu ? Avec Blue ?

— Non. Je me suis assise à table pour commencer à manger.

— Frances ! a dit mon père d'un ton sec.

J'ai levé les yeux.

— Quoi ?

— Il est passé vingt-deux heures. Où as-tu passé la soirée ?

Les parents. Ils sont tellement prévisibles.

– Dans un édifice à bureaux proche d'ici.

– Quoi ? Et tu faisais quoi ? Ma mère a déposé sa cuillère et m'a fixée. Dis-moi que tu n'étais pas en train de le vandaliser. Parce que nous ne tolérerons pas…

– Maman ! Je n'ai rien vandalisé !

Mon Dieu. Quel sens du mélo.

– J'assistais à une réunion. Je fais partie du journal de l'école.

Mes deux parents m'ont regardée; puis, ils ont éclaté simultanément, me bombardant de questions à propos du journal : qui le dirigeait, quand avaient lieu les réunions, qui en faisait partie. Vous connaissez le genre, les classiques questions parentales dont le but ultime est de trouver une raison pour interdire une activité.

Il n'y a rien de plus prévisible qu'un parent, je vous le dis.

J'ai répondu à leurs questions du mieux que j'ai pu en improvisant des suppositions lorsque je n'étais pas certaine des réponses. Mais ce n'est que quand j'ai commencé à leur parler du Club des devoirs que tout a vraiment explosé.

– Alors, tu es en train de nous dire que non seulement tu dois rencontrer un groupe de jeunes indisciplinés qui ne prennent pas le travail au sérieux, mais que, en plus, tu dois le faire plusieurs fois par semaine, que tu dois tout organiser et faire du recrutement, et que, après tout ça, il faudra que tu rédiges un article à propos de cette belle aventure ?

Le visage de ma mère était tout tordu. Ça me surprenait, ça, tiens.

— Et alors, quand es-tu censée trouver du temps pour tes propres devoirs?

J'ai haussé les épaules.

— Je ne sais pas.

Bien sûr que je le savais. Je les ferais, mes devoirs, mais mes parents n'avaient pas besoin de savoir ça.

— Non. Mon père a repris sa cuillère pour se remettre à manger.

Fin de la discussion.

— Non? C'est tout? Non? ai-je demandé.

— Non, a-t-il répété. Tu sais comme moi que ta bourse d'études dépend de tes notes, Frances. Tu ne peux pas te permettre de sacrifier ton avenir pour… pour…

— Pour du sexe et de la drogue, a terminé ma mère.

Je me suis étouffée avec mon lait.

— Du sexe et de la drogue?

— Parfaitement. Nous ne sommes pas nés d'hier. Le Club des devoirs n'est qu'un prétexte pour pousser les jeunes à entrer dans l'univers du sexe et de la drogue. Tu n'en feras pas partie. Tu travailleras à mériter ta bourse, tu seras admise à l'université et tu seras la première de la famille Spinelli à porter un tailleur pour aller travailler.

Ma mère a montré mon dîner du doigt.

– Maintenant, mange.

J'ai mangé.

Victoire !

Demain, j'enverrais un courriel à M. Walker pour lui dire que je devais abandonner le projet.

Une seule question : Pourquoi je n'étais pas ravie ? En fait, j'étais carrément déçue.

Qu'est-ce qui m'arrivait ?

Nous étions dimanche soir, et je n'avais toujours pas écrit à M. Walker.

Mais qu'est-ce que j'avais ?

– Moi, je crois que c'est qu'à bien y penser tu as vraiment envie de le faire, m'a dit Blue.

Nous étions chez Blue en train de faire des devoirs. Normalement, les miens sont finis bien avant le dimanche soir, mais pas ce week-end. Évidemment, je n'en avais pas fait vendredi, et j'avais passé le week-end à me sentir un peu énervée, ce qui avait nui à ma concentration. C'était peut-être aussi un peu parce que mes sœurs jumelles de cinq ans avaient attrapé

Dieu sait quoi, qu'elles avaient vomi partout dans la maison, et que j'avais dû tout nettoyer parce que ma mère devait faire des heures supplémentaires et que mon père travaillait comme agent de sécurité les week-ends. Après, Dawn, ma sœur de huit ans, avait commencé une engueulade stridente avec mon frère de dix ans, Kurt, ce qui avait fait peur au bébé qui n'a que six mois.

Parfois, être l'aînée, c'est franchement nul.

Ce n'était certainement pas parce que j'étais déçue qu'on m'ait interdit d'organiser le Club des devoirs et de m'impliquer au journal que j'avais eu de la difficulté à me concentrer.

– Je suis d'accord avec Blue, a dit Natalie. Une fois que tes parents t'ont dit non, tu t'es aperçue que tu aurais bien aimé t'y mettre.

– Vous avez tout faux.

Est-ce que j'en avais envie? Non. C'était ridicule.

– Menteuse. Allie n'a même pas levé les yeux; elle a continué à appliquer du vernis violet métallisé sur ses ongles d'orteils. Comment pourrais-tu ne pas en avoir envie? a-t-elle continué. Tu serais avec des garçons et tu ferais tes devoirs en même temps. C'est ta soirée de rêve.

– Faudrait quand même pas penser que j'aime faire tout le temps mes devoirs, ai-je dit.

D'accord, je les faisais, mais je n'étais pas totalement nulle. Je ne m'imaginais pas que c'était ce qu'il y avait de plus génial au monde. Il fallait que je les fasse, alors je les faisais. Ça ne voulait pas dire que je trouvais ça amusant.

– Dis-leur que tu veux le faire, a suggéré Blue. Ça fera bien sur ta demande d'admission à l'université. Ça leur plaira.

– Je ne sais pas, ai-je répondu. Ils disent que le club, c'est un prétexte pour entrer dans l'univers du sexe et de la drogue.

Elles se sont toutes esclaffées. Elles connaissent mes parents.

– Si ma mère croyait qu'il y aurait du sexe et de la drogue, elle se présenterait sûrement elle-même, a dit Allie.

– Toi, ta mère est cool, ai-je dit.

Allie a serré les lèvres sans rien dire.

– Alors, qu'est-ce que tu vas faire ? m'a demandé Blue.

– Ils ne seront jamais d'accord. J'en suis certaine.

Bien sûr, c'était en partie de ma faute. J'avais présenté l'idée de façon à m'assurer qu'ils m'interdisent d'y participer. Ce n'est pas comme si j'allais leur faire changer d'idée maintenant.

– Est-ce que tu veux dire que tu veux t'occuper du club ?

Est-ce que je le voulais ?

– Euh !… j'imagine… peut-être…

Mais, qu'est-ce que je racontais ? J'en mourais d'envie. Évidemment, j'avais la trouille et tout ça, mais comment ne pas en avoir envie ? Rencontrer des garçons, être l'unique responsable de la mise sur pied d'un programme d'échange entre North Valley et Field, devenir rien de moins qu'une diva connue et admirée de tous, et tout ça en étoffant ma demande d'admission à l'université. Même moi, je devais admettre que c'était tentant.

— Alors, il faudra que tu mentes.

Nous avons toutes fixé Allie.

— Tu penses que je devrais mentir ? À mes parents ?

— Bien sûr. Ils ne seront pas d'accord, alors quelles sont tes autres options ?

Aïe !

Mentir à mes parents.

— Je ne peux pas leur mentir.

Allie a roulé les yeux.

— Oh, je t'en prie, Frances. Tout le monde ment à ses parents un jour ou l'autre.

J'ai jeté un regard à Natalie et Blue.

— Vous mentez à vos parents, vous ?

Blue a haussé les épaules.

— Non, mais c'est parce que ce n'est pas nécessaire. Je peux les convaincre de n'importe quoi.

Natalie a fait une moue.

– Seulement pour de petits trucs. Comme quand j'ai une mauvaise note dans un test ou un truc du genre. Et, même, je ne leur dis tout simplement pas, alors ce n'est pas vraiment un mensonge, pas vrai?

J'ai regardé Allie.

– Tu mens à ta mère?

Allie a pouffé de rire en remettant le bouchon sur la bouteille de vernis à ongles.

– Tu rigoles? Elle s'en tape totalement de ce que je fais. Pourvu qu'elle n'ait pas à annuler un rendez-vous torride, elle n'en a rien à faire.

J'ai poussé un soupir.

– Qu'est-ce que tu es chanceuse.

Allie a émis un grognement sceptique.

– D'accord, alors ce qu'il faut, c'est que tu ne leur mentes pas vraiment, a dit Natalie.

– Qu'est-ce que tu veux dire?

– Quand tu travailles sur le club, tu dis à tes parents que tu fais tes devoirs. Ça sera vrai, non?

– Ouais, si on veut.

Allie s'est arrêtée de souffler sur ses ongles d'orteils.

– J'ai une idée. Le Club des devoirs se tiendra chez moi. Ma mère n'est jamais à la maison de toute façon, et si tes parents te demandent où tu vas, tu peux leur dire que tu viens chez moi. Ce qui sera vrai. Et s'ils t'appellent, tu y seras. Aucun mensonge. Rien que quelques omissions.

Ouais. Pas de mensonge.

– Je ne sais pas. Ça ne me semble pas réglo.

Allie a soupiré.

– Ce que tu peux être coincée, Frances. Une fois que tu auras terminé et publié cet article, quand tu auras reçu toutes sortes de félicitations, tes parents comprendront que c'était une bonne chose pour toi et ils te pardonneront. Ils ne savent pas toujours ce qui est dans notre meilleur intérêt.

Natalie a acquiescé.

– Je suis d'accord. Je pense que c'est une excellente idée. Elle a soupiré. J'aurais aimé qu'on puisse y aller aussi, Blue et moi, mais c'est seulement pour les élèves de North Valley et de Field, c'est ça?

Blue a levé les yeux de son livre d'algèbre.

– Quoi? On ne peut pas y aller, nous?

Allie a eu l'air exaspérée.

– Ridicule. Elle s'est tournée vers moi. Frances, la première chose à faire, c'est d'envoyer un message à M. Walker pour lui dire que seulement deux écoles privées, ce n'est pas assez. Pour que le projet soit vraiment bien testé, il doit inclure une école publique mixte.

– Quoi ? Je n'ai même pas encore décidé si j'allais m'en occuper de ce projet !

– Bien sûr que tu vas t'en occuper. Sinon, il y a longtemps que tu aurais écrit à M. Walker, m'a-t-elle lancé. Envoie-lui tout de suite un message pour inclure Mapleville.

– Tout de suite ?

J'ai avalé ma salive.

– Ouais, fais-le tout de suite.

Toute excitée, Natalie s'est redressée.

– Allez quoi, tu ne peux pas nous laisser en plan, Blue et moi.

– Mais…

– Oh, allez Frances, a dit Blue. Toi et Allie, vous allez passer tellement de temps là-dessus que nous ne vous verrons quasiment plus si nous ne faisons pas partie du club. Et peut-être que je pourrai convaincre Colin de venir avec quelques-uns de ses amis.

Minute. Si le petit ami de Blue pouvait venir, alors Théo pourrait venir lui aussi. Après tout, il fréquentait Mapleville, lui aussi. Un courant d'adrénaline m'a parcourue. Peut-être que ça ne serait pas si mal. Pas mal du tout, même.

Tu parles ! Théo pourrait faire partie du club ? Je m'inscris !

– C'est bon, j'accepte.

Dix minutes plus tard, j'avais envoyé un message à M. Walker à partir de l'ordinateur de Blue pour lui dire que j'acceptais la tâche, et pour lui proposer d'inclure l'école Mapleville dans le projet.

Dès que j'ai cliqué sur « envoyer », j'ai senti une drôle de nervosité dans mon estomac. J'étais excitée, j'avais peur et j'étais terrifiée des moyens que je me proposais de prendre avec mes parents.

Trop tard maintenant.

Je m'étais engagée.

Mais j'étais prête.

Mais j'avais peur de mes parents.

Je me demandais quel camp allait l'emporter.

CHAPItRE 3

Jeudi soir, dix-sept heures cinquante-cinq.

La première réunion du club des devoirs devait commencer dans exactement cinq minutes.

Je n'avais rien dit à mes parents.

Et j'allais perdre les pédales.

Blue et Natalie étaient assises dans les escaliers du hall d'entrée de la maison d'Allie, et les deux avaient l'air fâchées.

– Je n'arrive pas à croire que M. Walker n'ait pas encore répondu à ton message. As-tu réessayé ? m'a demandé Blue. Lui en as-tu envoyé un autre pour lui demander si tu pouvais inviter des élèves de Mapleville ?

– Je ne lui ai pas renvoyé de message et, non, il ne m'a pas répondu, ai-je répondu sèchement. Qu'est-ce qu'elles avaient à m'embêter avec ces histoires ? J'attendais des gens dans cinq minutes ! Je n'avais pas le temps de m'occuper de mes anciennes amies !

– Elle ne veut pas qu'on y aille, c'est tout, a dit Natalie, se servant de son pied pour me pousser les fesses comme je sortais ma liste de tâches.

Je me suis retournée.

– Arrête ça ! criai-je.

Mes amies se sont toutes tournées vers moi pour me fixer, pendant qu'Allie descendait les escaliers vêtue d'une nanojupe.

– Ho ! Frances, relaxe, a dit Allie. Je ne t'ai jamais vue comme ça.

– Bien sûr que non. C'est la première fois que j'ai à organiser et animer un club des devoirs pour attardés. Si je vous entends vous plaindre, je vous enferme dans le sous-sol jusqu'à ce que tout soit terminé, leur ai-je lancé en leur faisant les gros yeux. D'accord ?

Elles ont toutes haussé les épaules en acquiesçant, l'air de me craindre. Parfait. Tout était rentré dans l'ordre.

J'ai inspiré profondément et j'ai jeté un coup d'oeil au hall d'entrée.

– Bon, alors, nous avons des rafraîchissements. Un éclairage adéquat pour la lecture. Il y a des tables. Des prises de courant pour les ordinateurs portables. Ceux qui étudient les sciences iront dans le salon. L'anglais, c'est dans la cuisine. Les mathématiques, dans le petit bureau.

– Qui est-ce qui va dans les chambres ? a demandé Allie. Moi, je veux être avec eux.

Natalie et Blue se sont mises à rigoler pendant que j'engueulais Allie.

– Ce n'est pas une fête ! Tu es là pour étudier ! Va te changer ! Il n'y a pas un garçon sur la planète qui va penser à ses devoirs si tu portes ça.

– Précisément, a répliqué Allie. Tu te rappelles ? Le but premier de toute cette mascarade, c'était que tu rencontres des garçons, si tu te souviens bien.

Natalie a levé les sourcils et Blue a souri.

— Peut-être que ton but, c'est de rencontrer des garçons, mais moi, j'ai un projet à réaliser !

Je ne pouvais pas imaginer que je puisse me sentir plus coupable de cacher ce que je faisais à mes parents ? Coupable. Stressée. Entourée d'amies peu compatissantes. C'était un cauchemar.

— Bon, il est dix-huit heures. Vous allez devoir monter, vous deux. Je tirais sur les bras de Blue et Natalie pour qu'elles se lèvent. M. Walker ne vous a pas approuvées, alors vous ne pouvez pas venir.

Blue avait l'air insultée.

— Ce n'est pas sérieux.

— Il n'a pas besoin de savoir que nous sommes ici, M. Walker ! Natalie a plissé les yeux. Tu n'as pas le droit de garder ces garçons d'école privée pour toi toute seule. Nous aussi, nous sommes dignes d'eux. J'en ai tellement marre de tous les imbéciles de mon équipe d'athlétisme. Je veux rencontrer un garçon qui n'empeste pas.

— Bah ! tu leur en veux parce qu'il n'y en a pas un qui t'a demandé de l'accompagner à la danse d'automne, a dit Blue. Tu es copine avec tous ces canons et pas un ne t'a invitée.

Natalie s'est renfrognée.

— Ça ne me fait rien du tout. Je ne veux même pas sortir avec eux

— Ohé ! J'ai agité les mains. Partez !

– Sympa. Blue s'est levée. Viens en haut, on va appeler Colin. Peut-être qu'on pourra sortir avec lui et ses amis.

– Quoi ?

Elles iraient sans moi ? Ce n'était pas juste.

Blue m'a jeté un regard par-dessus son épaule en montant l'escalier aux côtés de Natalie.

– Si on avait permis à Mapleville de faire partie du club, Colin aurait peut-être emmené tous ses amis ici.

J'étais sur le point de mourir sous la pression et elles essayaient de me démoraliser encore plus ? Qu'est-ce que j'avais donc fait pour mériter de pareilles amies ?

Allie m'a mis un bras sur les épaules.

– Ne t'en fais pas pour elles, Frances. Elles dévaliseront la trousse de maquillage de ma mère, ça les remettra. Elle a jeté un coup d'œil à sa montre. Et cinq. Les gens devraient arriver d'une minute à l'autre. Viens, on va préparer la bouffe.

– Va t'en occuper, toi. Je vais réviser l'horaire des rotations.

Allie a hoché la tête, incrédule.

– Tu es beaucoup trop sérieuse. Les gens ne reviendront pas si tu ne te déconstipes pas un peu.

– Dit celle qui n'a pas à écrire un article sur lequel dépendent deux écoles pour changer leurs règlements.

– Je ne voudrais pas être à ta place.

Allie a remonté sa jupe encore un peu plus.

– Tu devrais vraiment m'emprunter des vêtements une fois de temps en temps. Les trucs informes que tu portes ne te rendent pas du tout justice.

– Allie !

– Bon, bon. Je vais chercher la bouffe. On se calme.

Ouf.

Bon.

Tout était réglé.

J'étais prête à ce que tout le monde arrive.

Mon premier invité est arrivé à précisément dix-huit heures dix. J'ai ouvert la porte, découvrant un garçon aussi grand que moi, et à peu près aussi maigre que Natalie, ce qui veut dire en gros qu'il n'avait que la peau sur les os.

– Salut, dit-il en se balançant d'un pied à l'autre. Il a ajusté ses lunettes. Alors, c'est bien ici le Club des devoirs ?

– Ouais. Entre, dis-je en reculant d'un pas pour le laisser entrer.

J'étais heureuse de voir que son sac à dos était rempli de livres et qu'il en avait deux autres sous le bras.

– Je m'appelle Frances Spinelli.

– Moi, c'est George. George Moon, a-t-il dit, jetant un regard autour de lui. Je suis le premier ?

– Ouais. J'ai regardé derrière lui dans la rue, mais il n'y avait personne. Tu es venu à pied ?

– Ma mère m'a déposé. Elle sera de retour dans une heure. Je ne savais pas combien de temps ça durerait, et je ne savais pas si ce serait productif, alors je ne resterai pas longtemps.

– Ne t'inquiète pas. Nous serons productifs. Dès que les autres seront arrivés, nous pourrons commencer…

George avait l'air inquiet, avec ses lunettes à monture noire et ses cheveux roux qui ne restaient pas tout à fait à plat.

– Pourquoi on ne commencerait pas tout de suite ?

– Ah ! Je… euh !…

Allie est arrivée.

– Allez-y, commencez à étudier, Frances. Je m'occuperai de répondre à la porte et de diriger les gens.

– Bon, d'accord, ai-je accepté. Ça ne m'enchantait pas de renoncer au contrôle, mais George n'avait pas tort. Nous pouvions tout aussi bien commencer. J'ai tendu le plan d'Allie.

— Assure-toi de bien diriger les gens vers les bonnes pièces.

Elle a roulé les yeux.

— Je crois que ça ira.

— On peut commencer ? a demandé George. Il ne me reste plus que cinquante-cinq minutes.

— C'est bon, j'ai répondu en prenant mon sac. Qu'est-ce que tu veux travailler ?

Il m'a regardée.

— On va étudier ensemble, toi et moi ?

Il voyait quelqu'un d'autre, à part ma copine aux talons aiguilles ?

— Ouais.

— Tu as quatorze ans ?

— Oui.

— Moi aussi, a-t-il dit en dodelinant la tête. Un peu de biologie, ça te dirait ?

— Bien sûr.

Songeant à la rotation, j'ai précisé :

— Nous allons donc passer au salon. Souviens-toi, Allie, les sciences vont au salon.

– Oui, chef.

George et moi sommes allés au salon pour y installer nos trucs. Nos cours ne portaient pas sur les mêmes sujets, mais comme j'avais déjà vu ce qu'il avait à étudier, nous avons discuté du cycle de vie des plantes et comparé nos observations.

George était pas mal intelligent, et c'était évident qu'il prenait vraiment plaisir à discuter. Cool. Ça prouvait que le concept pouvait peut-être fonctionner.

Environ cinq minutes plus tard, la sonnette s'est encore fait entendre.

– J'y vais, criai-je.

Génial. La foule débarquait.

J'ai largué George alors que j'étais au beau milieu d'une explication d'un diagramme dans son livre et je me suis précipitée vers la porte d'entrée. Allie m'a lancé un regard.

– C'est la mère de George.

– Pourquoi ?

Allie a levé un sourcil.

– Ça fait une heure, a-t-elle dit.

– Pas possible, ai-je répondu en jetant un coup d'œil à ma montre. En fait, ça faisait une heure et cinq. Excellent ! La session d'étude s'était passée en un clin d'œil. C'était génial.

George est apparu à côté de moi avec son sac où il avait déjà rangé ses trucs.

– Alors, euh, Frances, soirée vraiment productive. Si tu en fais d'autres, laisse-moi savoir.

Il m'a tendu un bout de papier avec son adresse électronique.

– Et si jamais tu veux qu'on étudie ensemble encore, envoie-moi un message. Il a souri, là lumière du lustre du hall d'entrée se reflétant sur son appareil dentaire.

– Je suis sérieux, a-t-il dit.

– Moi aussi, j'ai bien aimé, ai-je dit en prenant le papier. Je t'enverrai certainement un message.

Il a fait un petit signe de la tête.

– Et la prochaine fois, j'essaierai d'emmener quelques-uns de mes amis. Si tu crois qu'il y aura plus de filles, bien sûr.

– Plus de filles?

Oh mon Dieu. Personne d'autre n'était venu. J'avais été si concentrée sur le travail avec George que je n'y avais même pas pensé.

Il a rougi.

– Pas que tu laisses à désirer. Comme j'ai dit, j'étudierais avec toi n'importe quand. Je voulais seulement dire que mes amis ne viendraient peut-être pas s'il n'y a pas plus de gens. Laisse-moi savoir, d'accord?

Il a eu un geste de la main avant de se sauver par la porte d'entrée, sa mère l'attendant déjà dans la voiture.

Allie lui a envoyé la main gentiment, puis elle a refermé la porte.

— Il faut qu'on se parle. Natalie ! Blue ! Descendez !

— Alors, euh ! tu avais mis les affiches où, au juste ? a demandé Blue.

J'ai attrapé une autre pointe de pizza pour l'enfourner goulûment.

— Partout. J'en ai mis sur tous les babillards de l'école.

— Et moi, je suis allée à Field et j'en ai mis partout là aussi, a dit Allie, dépitée. Je me suis complètement gourée, côté choix du moment. C'était après l'école, alors il n'y avait plus un chat. À quoi ça sert de se rendre à Field s'il n'y a même pas de mecs à qui parler ?

— Et j'ai mis un petit entrefilet dans les bulletins d'informations de Field et de North Valley, ai-je renchéri.

Incroyable. Seulement une personne était venue. Une !

— Mes parents me tueraient s'ils savaient que je mangeais de la viande, dit Blue en prenant quelques tranches de saucissons sur la pizza qu'elle a laissé tomber dans sa bouche.

– Et les miens me tueraient s'ils savaient que j'avais essayé d'organiser une réunion du Club des devoirs ce soir.

Mentir à mes parents, crouler sous le stress toute la semaine, tout ça pour rien. Échec sur toute la ligne.

– Je suis nulle.

– Hé, ho, a dit Natalie en me lançant un coussin. C'est toi, la reine de l'organisation. La planificatrice. Si c'était à l'une de nous que se présentait le problème, tu nous aurais déjà ensevelies sous les théories et les plans d'attaque pour corriger la situation. Alors, au boulot. Parle.

– Je n'ai pas d'idées.

Natalie a roulé les yeux.

– Frances ! Réfléchis !

– J'ai une idée, a dit Blue. Quand j'en ai parlé à Colin, il m'a dit que ça avait l'air assommant. Il m'a dit qu'aucun individu sain d'esprit ne se joindrait à un truc qui s'appelle le Club des devoirs.

– Je suis d'accord, a dit Allie. Moi, je ne suis venue que pour les mecs.

– Mais ce n'est pas un club de rencontres, ai-je protesté. L'objectif premier, c'est de faire ses devoirs.

– Arrive sur terre, Frances. Il n'y a que toi pour croire que c'est amusant de faire ses devoirs, a rétorqué Blue.

– Et George Moon, a rajouté Allie. Il est parfait pour toi, Frances.

– Ben quoi, il était mignon.

Et il étudiait très fort.

– Ouais, si on aime le genre rat de bibliothèque, a commenté Allie. Vous auriez dû le voir, vous deux. Je crois qu'il était encore plus sérieux que Frances.

Pendant que mes amies se moquaient du pauvre George, je mastiquais ma pizza en me demandant comment j'allais expliquer à M. Walker que j'étais un échec total.

– Tu abandonnes ?

J'ai regardé Allie, qui me dévisageait, consternée. Je suppose que lorsqu'on est amies depuis l'âge de trois ans, on ne peut plus se dissimuler ce que l'on pense.

– Ouais, et alors ?

– Tu ne peux pas abandonner, a dit Allie en déposant sa pizza. C'est simple. Tu n'as qu'à persuader M. Walker de permettre à Mapleville de se joindre au projet. Après, nous, on se charge de convaincre Colin d'inviter de beaux mecs, et ma sœur invitera quelques-uns de ses amis. On aura le club le plus cool et, nous, on sera les seules élèves de quatorze ans à pouvoir se tenir avec des plus vieux.

– Ouais ! Et comme ça, nous aussi on pourra venir, a rajouté Natalie. Tu sais, c'est vraiment la seule façon. On ne connaît personne à Field qui puisse convaincre des gars de venir.

– George a dit qu'il inviterait plus d'amis, ai-je fait remarquer.

Allie a soulevé un sourcil.

— Seulement s'il y avait plus de filles. Et comment pourrait-il y avoir plus de filles si les seuls gars qu'on a à leur offrir ce sont des petits génies de quatorze ans comme George?

— Hé! Il était sympa.

— Mais est-ce qu'il est du genre à attirer les foules?

Peut-être pas.

Vraiment pas.

J'étais faite.

Je pouvais toujours abandonner et admettre mon échec.

Mais mes fichus parents ne m'ont jamais laissé abandonner quoi que ce soit. Ils m'ont toujours dit que je ne me rendrais pas à l'université avec une pareille attitude.

Ils ne seraient probablement pas du même avis s'ils savaient qu'il s'agissait du Club des devoirs. Mais... et si je réussissais à faire décoller le projet? Ça ne serait pas génial? Je deviendrais une légende à North Valley : je serais celle à qui on devait le programme d'échange.

Qu'est-ce que ça ferait bien dans mon dossier d'admission, ça...

Et peut-être... sait-on jamais... peut-être que si les élèves de Mapleville pouvaient y participer, Théo viendrait...

– C'est bon, j'enverrai un message à M. Walker.

Et il fallait absolument que je fasse quelque chose à propos de mes parents.

J'ai trouvé la réponse électronique de M. Walker en revenant de l'école le lundi suivant.

> *Chère Frances,*
>
> *Je crois que ta proposition d'inclure l'école Mapleville au projet du Club des devoirs a du bon. Tu peux donc aller de l'avant et inviter quelques élèves triés sur le volet pour qu'ils y participent. J'attends ton article d'ici environ sept semaines et je compte sur toi pour me tenir au courant d'ici là.*
>
> *M. Walker*

Ouf.

On inspire profondément.

J'ai immédiatement envoyé un message à Allie pour qu'elle en parle à sa sœur; puis j'ai décidé de me rendre chez Blue pour lui dire d'inviter Colin. Parce que, on ne sait jamais, peut-être que Théo ne pourrait pas s'empêcher d'entendre la conversation et voudrait venir, lui aussi.

Je suis entrée dans la maison de Blue au moment où toute la famille se mettait à table. Un dîner familial. Les parents, Blue, la petite Marissa… et Théo.

Les cheveux foncés de Théo étaient un peu en désordre et ils commençaient à être plutôt longs. Il portait un t-shirt noir déchiré et… non mais, quel canon.

– Frances ! Nous ne savions pas que tu venais ! Assieds-toi, je t'en prie.

La mère de Blue s'est précipitée pour me sortir une chaise.

Mais, je rêve ! Elle m'installait juste à côté de Théo !

Il ne m'a même pas regardée. Il a continué de manger sa lasagne au tofu. Je savais que c'était du tofu sans même regarder. La mère de Blue ne servirait jamais de la vraie viande.

– Alors, euh, salut tout le monde, ai-je dit, jetant un bref coup d'œil à Théo qui mangeait toujours.

Marissa m'a souri, puis elle a aspiré une de ses nouilles. Pendant que sa mère la réprimandait pour ses mauvaises manières, j'ai jeté un coup d'œil vers Blue qui était assise en face de moi. Je faisais tout en mon pouvoir pour ne pas remarquer le bras de Théo à six pouces du mien.

– Alors, Blue, M. Walker m'a répondu. Il dit que ça ira de demander à quelques élèves de Mapleville.

Elle a poussé un cri de joie en levant les bras, victorieuse, saisissant l'attention de toute la tablée.

– Blue ? Tu as quelque chose à partager avec le reste de la famille ? s'est enquis son père.

Il n'y avait pas de secrets dans la famille de Blue. Ses parents croyaient beaucoup aux liens affectifs. Comme j'étais l'amie de Blue depuis que nous étions bébés, je devais moi aussi me soumettre aux règles de la famille Waller. Aucun secret.

– Ouais.

Blue s'est lancée dans une description du Club des devoirs, escamotant heureusement les détails humiliants de la première réunion.

– Alors, je vais appeler Colin pour lui dire de venir.

Théo a pouffé de rire.

– À un Club des devoirs ? Désolé, Blue, ton mec est peut-être soumis, mais il ne se joindra jamais à un truc qui s'appelle le Club des devoirs. Et il n'invitera jamais ses amis à s'y joindre non plus.

Je me suis sentie fondre sur ma chaise.

– Tu dis n'importe quoi, Théo, c'est une idée merveilleuse, a dit Mme Waller. Frances, vous pouvez tenir les réunions ici si vous voulez. Je ferai des desserts et je m'occuperai de toute la nourriture.

J'ai échangé un regard inquiet avec Blue. Les desserts de sa mère tueraient toutes nos chances d'en faire un événement réussi. Bouffe santé n'égalait pas toujours bouffe délice. Surtout question desserts.

– Euh ! merci Mme Waller, mais ça ira. Les rencontres seront chez Allie.

– Chez Allie ? Mais sa mère n'est jamais là.

– Ouais.

J'ai regardé Blue, qui a haussé les épaules.

– Mais alors, comment allez-vous garder un minimum de contrôle s'il n'y a pas de parents sur place ? a demandé Mme Waller.

– Ce ne sera pas nécessaire, ai-je répondu. Nous ne faisons que des devoirs.

– Des heures de plaisir, a commenté Théo. J'aimerais tellement pouvoir en faire partie.

M. Waller a regardé Théo.

– Qu'est-ce qui t'en empêche ? Tu pourrais aider les filles à s'assurer que tout reste en ordre.

Mon estomac a fait un triple saut périlleux et j'ai eu la sensation que j'allais tomber de ma chaise.

Théo s'est mis à rigoler.

– Ouais, papa, j'en meurs d'envie. Jouer à la garderie avec les amies de ma sœur ? Désolé, mais on oublie le projet.

Garderie ? Il me voyait comme une enfant ?

— Oh, regarde Théo, tu fais pleurer Frances, a dit Mme Waller.

Quoi ? Je ne pleurais pas ! Comment pouvait-elle dire une chose pareille ? Il n'y avait même pas de larmes dans mes yeux ! Ouais, d'accord, je me sentais complètement humiliée et je voulais ramper sous ma chaise, mais je ne pleurais absolument pas !

Théo m'a jeté un regard.

— Désolé, Frances. Ce n'est pas ça que je voulais dire.

Quelle horreur ! Est-ce que ça pouvait devenir plus gênant ?

— Je ne pleure pas !

Mme Waller m'a tapoté la main.

— Ce n'est pas grave, Frances. Je vois bien que tu en as envie. Tu n'as pas besoin de nous le cacher.

— Mais, c'est n'importe quoi tout ça, s'est exclamée Blue. Théo ne pourrait jamais faire pleurer Frances. Elle est seulement un peu troublée parce qu'une de ses sœurs est malade et qu'elle est inquiète pour elle.

J'ai la meilleure amie de la planète entière.

Bien sûr, j'ai dû me lancer dans l'histoire détaillée de ma petite sœur Dawn qui était malade, et je me suis sentie vraiment mal de mentir, mais ce n'était pas ma faute. C'est Blue qui avait amené le sujet et, moi, je ne faisais que la protéger, pour que son mensonge ne soit pas découvert. Comme c'était pour aider Blue, il n'y avait là rien de mal, pas vrai?

Vrai.

D'abord, j'ai menti à mes parents à propos du club.

Ensuite, j'ai menti aux parents de Blue à propos de ma sœur Dawn et de sa grande maladie.

Mais qu'est-ce qui m'arrivait?

Cinquante-cinq minutes plus tard, Blue raccrochait après avoir parlé avec son copain, Colin. Colin finissait cette année à Mapleville; il était terriblement mignon et il adorait Blue. Il nous aiderait, c'est certain.

Blue a fait non de la tête.

– Il dit qu'il viendra, mais qu'il n'amènera pas ses amis.

– Quoi? Pourquoi pas?

Elle a fait la moue.

– Il dit qu'il ne peut pas demander ça à ses amis.

– Mais pourquoi?

– Parce que… bien…, c'est un Club des devoirs. Ce n'est pas exactement cool.

– Mais c'est eux qui en feront quelque chose de cool, en y étant.

Comment pouvait-il faire une chose pareille ?

– Je croyais qu'il était prêt à tout pour toi, ai-je rajouté.

Blue s'est mise à rire.

– Eh bien, je pense que je viens de découvrir sa limite.

Je me suis assise sur son lit.

– Bon. Bien, c'est nul. Vraiment nul.

– On appelle Allie. Elle nous dira ce que sa sœur a dit.

Blue a mis son téléphone sur « mains libres » pour composer le numéro d'Allie, qui a répondu au premier coup.

– Allie, ce sont Blue et Frances. Qu'est-ce que Louisa a dit ?

– Elle m'a ri à la figure et m'a dit qu'il n'était pas question qu'elle soit associée à quoi que ce soit qui ait un lien avec les devoirs, nous a annoncé Allie d'un air morose. Je lui ai même dit que Colin viendrait, et elle m'a dit qu'elle s'en fichait, puisque Colin avait déjà une petite amie et qu'il n'était donc plus sur le marché.

Je me suis laissée tomber sur le lit en me lamentant.

– Ouais, Colin n'amènera pas ses copains, lui non plus, a dit Blue.

Allie a proféré un juron.

— Eh bien, qu'est-ce qu'on fait maintenant? Nous avons utilisé tous nos contacts.

C'était ma punition pour avoir menti à mes parents. Ils m'avaient toujours dit que la malhonnêteté ne payait pas et, maintenant, j'en souffrais.

— Il y a une personne qui a assez de pouvoir social pour faire fonctionner ce projet, a dit Blue.

— Qui? a demandé Allie.

Je me suis rassise.

— Ouais, qui?

Blue m'a regardée.

— Théo.

Mon cœur s'est littéralement arrêté dans ma poitrine et Allie a poussé un cri de protestation.

— Blue! Tu rigoles? Le but de tout ça, c'était justement que Frances décroche de Théo!

— As-tu une meilleure idée? lui a demandé Blue, les yeux toujours rivés sur moi.

Oh mon Dieu! J'étais sur le bord de l'évanouissement.

Allie était silencieuse, et je n'entendais plus que les battements de mon cœur résonnant dans mes oreilles.

– Va falloir appeler Natalie, a fini par dire Allie.

– D'accord.

Blue a composé le numéro de Natalie sur son portable, lui expliquant ensuite rapidement la situation pendant qu'Allie faisait des sons désapprobateurs et que j'essayais de ne pas vomir. Après avoir terminé son discours, Blue a écouté Natalie pendant un moment, puis elle a fait un signe de la tête.

– Natalie est d'accord avec Allie pour dire qu'inclure Théo serait nuisible au bien-être émotionnel de Frances. Elle est toutefois également d'accord pour dire qu'il n'y a pas d'autre solution. Elle pense que nous devrions faire appel à Théo, mais que nous devons absolument nous assurer que George Moon continuera d'assister aux réunions pour que Frances puisse sortir avec lui.

– Ohhh… c'est une bonne idée. J'avais oublié George, a dit Allie. Tu l'avais bien aimé George, hein, Frances ?

– Ouais, je l'ai bien aimé.

J'étais capable de lui parler et de rester cohérente, sans risquer de m'évanouir à cause de sa proximité, ce qui est toujours chouette.

– Il reviendra, ai-je dit.

– Alors, c'est décidé, a dit Allie. Frances, va parler à Théo, et arrange-toi pour que les parents de Blue t'entendent; comme ça, ils pourront intervenir et le forcer à y aller. On ne peut pas se permettre de le laisser filer lui aussi. Il est notre seule chance.

— Minute, ai-je croassé, la langue si soudainement démesurée que j'étais étonnée de pouvoir parler. C'est moi qui devrai parler à Théo ?

— Bien sûr que si. C'est ton projet, non ? Il faut que nous restions dans l'ombre, a raisonné Allie.

Blue m'a tendu le téléphone.

— Natalie veut te parler.

J'ai attrapé le téléphone.

— Nat ?

— Si tu réussis à convaincre Théo et ses amis d'y aller, je crois bien pouvoir convaincre mon équipe d'athlétisme aussi. Des garçons et des filles. Théo, c'est l'athlète suprême, et les gens iront là où il va. Alors va lui parler, mais ne le vois pas comme le mec pour qui tu as le béguin. Vois-le comme ton frère; il l'est presque de toute façon.

J'ai remis le téléphone à Blue sans même répondre. Ma gorge était si serrée qu'il n'était pas question que je parle.

— Frances ! Blue ! C'est l'heure du dessert ! a crié Mme Waller du bas des escaliers, me faisant sursauter.

— Quand on sera à table, on parlera à Théo. Mes parents seront là, a dit Blue.

Ouais, Théo adorerait que ses parents l'obligent à passer du temps avec moi. Ce n'était pas la façon d'attirer son attention, du moins pas le genre d'attention que je voulais.

– D'accord. Et après, Frances enverra un message à George Moon. C'est cette relation-là que nous devons entretenir, a dit Allie. Frances ? Tu m'entends ? Tu écriras à George Moon ce soir, hein ?

– Ouais.

Rha. C'était ma voix, ce son étouffé ?

Blue a raccroché son portable.

– Nat te souhaite bonne chance.

– Moi aussi. Appelez-moi quand ce sera fini pour me raconter comment ça s'est déroulé, ordonna Allie avant de couper la communication. Blue a raccroché le téléphone.

Puis, elle m'a regardée.

– Tu n'as pas l'air dans ton assiette.

– Je crois que je vais être malade. Peut-être qu'on devrait faire ça une autre fois.

– Ce n'est pas possible, Frances. C'est de mon pénible grand frère dont on parle. Je ne sais vraiment pas ce que tu lui trouves, a-t-elle dit.

Blue s'est levée en me tirant le bras.

– On y va. Je vais t'appuyer, mais c'est à toi de commencer.

Oh, mon Dieu !

Je n'y arriverais jamais. C'était ma grande occasion, Théo me remarquerait enfin. S'il voyait à quel point j'étais intelligente, il se rendrait peut-être compte que je n'étais pas une enfant qui avait besoin de gardienne.

Ouais, c'est vrai ça. S'il me voyait diriger tout ce truc, il se rendrait compte que je suis une adulte et que je suis digne de lui.

Je n'avais donc qu'à descendre cet escalier, agir de façon totalement cool, et lui demander d'assister au Club des devoirs et d'inviter tous ses amis.

Pas de problème.

Du moment que je ne perde pas connaissance en route.

CHAPItRE 4

Je suis parvenue à me rendre jusqu'en bas sans tomber et sans me casser le cou.

Malheureusement.

J'ai suivi Blue jusqu'à la salle à manger.

J'ai repris ma place à côté de Théo.

J'ai fixé ma pâtisserie à l'allure un peu louche, et j'ai souhaité être ailleurs.

La conversation a débuté avec un échange désinvolte au sujet de l'équipe de crosse de Théo et du fait qu'ils étaient déjà les favoris pour le championnat régional même si nous n'étions qu'à la fin mars.

Blue m'a ensuite envoyé un coup de pied si puissant que je me suis étouffée avec mon dessert. En fait, je l'ai recraché dans mon assiette. Un morceau bien mâché de ma pâtisserie s'est posé sur le bord de l'assiette de Théo.

Génial. Il n'y a rien comme de vouloir mourir.

Il fixait mon dessert régurgité comme s'il allait lui sauter au visage pour l'attaquer.

— Désolée, ai-je murmuré en utilisant ma serviette de table pour nettoyer mon dégât.

Je ne pouvais plus lui demander maintenant. Pas question !

— Frances, a dit Blue d'un ton qui voulait dire qu'elle lui en parlerait elle-même si je ne le faisais pas.

J'ai fixé Blue.

— La ferme.

— Allons, Frances, tu sais très bien que nous ne permettons pas ce genre de langage dans cette maison, a dit la mère de Blue.

Ouais, ouais. Mais ceci était une circonstance très particulière. Je devais empêcher mon amie de m'humilier complètement.

Blue m'a observée pendant un instant, et je me suis rendu compte que rien ne l'arrêterait. Elle ne m'a même pas laissé le temps de reculer ma chaise pour me barrer en quatrième vitesse avant de dire :

— Théo, Frances a quelque chose à te demander.

Tout le monde à table s'est retourné pour me regarder. Tout le monde, incluant Théo. Avec ses yeux bleu clair, ses cheveux noirs, et son t-shirt déchiré.

— Qu'est-ce que je peux faire pour toi, Frances ?

— Rien. Il faut que j'y aille. J'ai des devoirs à faire.

— Elle veut que tu te joignes au Club des devoirs, a dit Blue calmement, comme si elle n'était pas en train de détruire ma vie.

Théo a ri. En fait, il a seulement pouffé. D'un petit rire de dérision. Il a pouffé d'un rire de dérision juste à l'idée de se joindre à mon Club des devoirs.

Excellent. J'étais complètement humiliée.

– Moi, je trouve que c'est une excellente idée, a dit Mme Waller.

En guise de réponse, Théo s'est contenté de pouffer une fois de plus en buvant son eau purifiée.

Ça ne valait même pas la peine qu'on y réponde apparemment.

– Pourquoi veux-tu que Théo se joigne au club ? m'a demandé M. Waller. Il n'est pas ce que l'on appellerait quelqu'un de studieux dit-il, lui envoyant un regard qui en disait long sur ce qu'il pensait des méthodes d'étude de son fils.

Blue a croisé les bras, me fixant en silence. Elle a cligné des yeux.

Elle n'allait pas me tirer d'affaire.

Je te déteste, ai-je articulé en silence. Elle a haussé les épaules et m'a souri.

– Frances ? Pourquoi veux-tu que Théo t'aide ?

J'ai regardé subrepticement à ma droite pour me rendre compte que Théo ne mangeait plus et qu'il me regardait. Oh là là ! Comme si j'étais capable de lui parler pendant qu'il me regardait.

Regarde M. Waller. C'est ça. Je me suis détournée de Théo pour me concentrer sur son père.

– Nous n'avons pas eu beaucoup de succès avec le nombre de gens qui assistent au Club des devoirs.

J'ai continué avant que Théo ne puisse faire une autre re-marque désobligeante à propos du club.

– Alors, nous avons besoin de quelqu'un de connu et d'ad-miré qui assiste aux réunions. Quelqu'un qui ferait du Club des devoirs une activité cool.

Théo a regardé Blue.

– Donc, Colin a refusé ?

– Il a dit qu'il viendrait, mais sans ses copains.

– Et Louisa ? s'est enquis Théo.

– Elle a dit non, ai-je répondu. Mais je suis sûre qu'elle vien-drait si tu y allais.

Beurk ! Pathétique ! Je le suppliais. Je lui disais que tout le monde faisait ce qu'il voulait. Je ne devrais pas le flatter comme ça. Ce n'était pas justement ça tout le principe de la Corde raide dont Allie nous parlait sans cesse ?

Oh, qu'est-ce que je racontais ?

J'étais désespérée.

Je n'avais aucune aptitude sociale.

Théo croyait déjà que j'étais quelqu'un qu'on devait faire gar-der comme un enfant.

Il était bien trop tard pour ménager ma fierté. Il y avait long-temps que j'avais mérité mon certificat « pro du pathétique ».

Tout ce qu'il me restait, c'était la chance de réussir avec le Club des devoirs, parce que pour ce qui était de mes chances de gagner le cœur de Théo, c'était fini. Alors, je me suis tournée vers lui et je lui ai fait face franchement.

– Écoute, Théo. C'est vital pour moi que ce projet fonctionne, car je dois écrire un article sur le sujet. Je ne connais personne d'autre qui puisse m'aider. J'ai besoin que tu viennes et que tu amènes tes amis. Tu en feras quelque chose de cool. Tu feras fonctionner le projet.

D'accord, ça donnait l'impression que je n'y arriverais pas sans lui. Eh bien, quoi, c'était vrai non ? Mais bon sang, ça m'a vraiment fait mal à l'orgueil d'avoir à admettre que j'avais besoin de lui. Un mec ! Où était tout le pouvoir féminin dont ma stupide école de filles nous rebattait toujours les oreilles ? Nulle part !

Théo m'a fait une sorte de demi-sourire.

– Désolé, Frances. Je ne peux pas t'aider.

Au moins, il n'avait pas ri de moi. Je pouvais donc rentrer dans ma coquille avec un semblant de fierté.

– Théo.

Oh, oh ! Papa Waller avait l'air sérieux.

Le sourire de Théo s'est lentement éteint quand il a vu la tête de son père.

– Quoi ?

– Tu vas aider les filles.

– Papa ! J'ai des entraînements !

– Je suis certain qu'elles en tiendront compte en préparant l'horaire du club.

– Mais, c'est un Club des devoirs ! Des devoirs !

– Exactement. Tes notes en ont besoin et tu vas aider les filles. C'est ça, la famille, Théo.

Super, c'est exactement ce que je voulais, que Théo me voie comme un membre de sa famille. Il est sûr que ses rêves libidineux étaient peuplés de membres de sa famille !

Théo a déposé sa fourchette en fusillant son père du regard.

– Je n'irai pas au Club des devoirs, et je n'emmènerai pas mes amis.

– Alors, pas de crosse.

Oh, wow. Ça, ce n'était pas bon. Théo allait me détester.

Théo a jeté un coup d'œil vers sa mère qui a acquiescé. Bien sûr qu'elle a acquiescé. Les parents de Blue se soutenaient toujours dans leurs décisions.

Puis, il a lancé un sale regard à Blue.

Moi, il ne m'a même pas regardée.

Il s'est levé et il est parti.

Bien. Ça s'était bien déroulé tout ça. Ce n'était plus qu'une question de temps avant que Théo ne s'amène chez moi pour me déclarer son amour. Ou alors pour me traquer, armé jusqu'aux dents.

Le père de Blue m'a souri, l'air très content de lui.

— Et voilà. Théo a accepté. Tu n'as qu'à lui donner l'heure, la date et combien d'amis tu veux qu'il invite, et il y sera.

Super.

Super nul.

Lundi soir, dix-neuf heures dix. Chez Allie. Nous attendions les participants du Club des devoirs qui étaient déjà dix minutes en retard.

J'ai regardé mes amies qui mangeaient du maïs soufflé en regardant la télévision. Comment pouvaient-elles être si calmes ? Elles ne se rendaient pas compte à quel point c'était important tout ça ?

Nous avions décidé de commencer une heure plus tard pour que Théo puisse venir après sa pratique. Avec ses amis.

Mais ça faisait dix minutes, et toujours pas de Théo.

Même George n'était pas encore arrivé.

Je me suis rendue au salon pour me planter dans l'embrasure de la porte.

– Ça ne fonctionnera pas.

Allie a levé les yeux.

– Ils viendront. Les mecs comme Théo arrivent toujours en retard. C'est plus cool.

– En retard ? Pour un Club des devoirs ?

Ça n'avait pas de sens. Ce n'était pas une fête. C'était comme une période d'étude.

– Relaxe, Frances, a dit Allie. Tiens, prends un peu de maïs soufflé.

– Non.

Je suis retournée vers l'avant de la maison, et j'ai essayé de ne pas penser au fait que j'avais menti à mes parents ce soir. Je leur avais dit qu'Allie et moi faisions un travail de recherche sur la Révolution bolchevique, et que nous travaillerions beaucoup ensemble au cours des deux prochains mois.

Menteuse ! J'étais une menteuse !

J'avais la nausée.

Puis, la sonnette a retenti.

Et j'ai carrément eu envie de vomir.

Mais je me suis rendue à la porte pour l'ouvrir.

– Salut George.

George m'a fait un petit sourire gêné en me tendant une assiette de carrés au chocolat.

– Ma mère a pensé que tu voudrais peut-être quelque chose à manger ce soir.

– Merci, ai-je répondu en jetant un coup d'œil derrière lui. Il n'y avait que sa mère qui m'envoyait la main depuis sa familiale. Je l'ai saluée et j'ai fermé la porte.

– Alors, c'est juste toi et moi ? a dit George, l'air plutôt content. On passe au salon ?

– Euh, non. Mes amies regardent la télé. On va dans la cuisine pour faire des maths ? Ou alors on peut aller dans le bureau et faire de l'anglais.

– Des maths, ça te va ?

– C'est parfait.

J'ai poussé un soupir et je me suis dirigée vers la cuisine en passant devant la télévision.

– Vous devriez peut-être étudier ?

– Pas sans les garçons, a dit Allie.

J'ai regardé Blue.

– Il est où Colin ? Je pensais qu'il venait ce soir.

– Il viendra.

Ah oui ! Ils arrivent toujours en retard. C'était quoi le truc avec les garçons ? Pourquoi est-ce qu'ils devaient toujours arriver en retard pour tout ? Qu'est-ce qu'il y a de mal à arriver à l'heure ?

Au moins, George était là, avec ses cheveux roux et ses lunettes. C'était mon genre, George.

Nous nous sommes assis à la table de cuisine, nous avons sorti nos livres, puis j'ai appris que mon type de garçon pouvait rendre les mathématiques vraiment intéressantes. Il était drôle, pensait à de bons exemples pour expliquer les trucs, et il adorait parler de maths. Il n'y a pas moyen de ne pas aimer faire des mathématiques alors que j'ai ri du début à la fin. De plus, j'apprenais ! Ce n'était pas génial ? C'était tellement cool de finalement rencontrer quelqu'un qui accordait autant d'importance que moi à ses devoirs. Il ne trouvait pas ça bizarre que je prenne l'école au sérieux parce qu'il faisait la même chose ! Ça m'a fait réaliser à quel point ça me manquait d'avoir le respect de quelqu'un d'autre dans ma vie. Il y avait mes parents, bien sûr, mais eux, ils étaient timbrés, alors ça ne comptait pas.

Environ vingt minutes plus tard, la sonnette s'est de nouveau fait entendre. La mère de George, déjà ?

– J'y vais, a crié Blue.

Ah oui. Colin. Comme s'il allait vraiment étudier. Il ferait les yeux doux à Blue toute la soirée.

Le Club des devoirs était un échec total et complet.

Pour tous les autres. Moi, au moins, j'avais un partenaire d'étude, pas vrai ? Alors ce n'était pas une perte tout à fait totale. Non ?

Il y a eu un grand fracas à l'avant de la maison, puis des cris et de la musique forte. Que se passait-il ?

— Attends-moi une seconde, ai-je dit à George, le regardant à peine avant de me précipiter vers l'avant de la maison. Je me suis arrêtée net en arrivant dans le salon.

Il devait y avoir au moins quarante personnes. Des garçons, des filles, tous plus âgés que moi et mes amies. Je ne connaissais personne.

Puis, j'ai aperçu Théo dans un coin. Théo ! Il avait tenu sa promesse ! Je l'aimerais pour toujours.

Puis, il s'est retourné et je me suis aperçue qu'il avait été penché sur le lecteur de disques compacts. C'était lui qui avait mis de la musique à ce volume ?

— Qui veut danser ? a-t-il demandé, à la cantonade.

Au moins six filles vêtues de tenues scandaleusement serrées se sont précipitées à ses côtés, riant bêtement, empoignant ses bras et ses mains pour l'entraîner dans le milieu de la pièce, se mettant toutes à danser autour de lui.

Non, mais je rêve !

Ensuite, d'autres garçons et filles se sont mis de la partie, faisant vibrer le plancher. Soudain, il y a eu un bruit de liquide qui gicle, et je me suis retournée à temps pour apercevoir un garçon qui se faisait éclabousser par de la boisson gazeuse, alors qu'une fille que je ne connaissais pas ouvrait une des six boîtes de pizza et commençait à en distribuer des pointes aux gens.

Et, dans le coin, niché dans le grand fauteuil, il y avait un couple qui se caressait.

Je ne savais même pas comment réagir face à tout cela.

Une main s'est posée sur mon épaule et je me suis retournée vivement.

– Quoi?

C'était George.

– Qu'est-ce qui se passe?

– Je n'en ai aucune idée.

À part que Théo est une ordure qui va le regretter.

– Je ne peux pas étudier avec cette musique.

– Moi non plus.

Pas plus que tous ces convives sans doute.

– Qui sont tous ces gens?

George avait l'air assez fâché, et je le comprenais. Il était venu ici pour étudier, et il se retrouvait au centre d'une fête déchaînée.

– Je ne sais pas.

Allie était là, pendue au cou d'un garçon sur la « piste de danse ». Blue, qui encourageait bruyamment Allie, était blottie contre Colin sur le canapé, tandis que Natalie était assise à côté de Blue et avait l'air un peu mal à l'aise.

– Règle-moi ce bordel, sinon je m'en vais, m'a dit George.

Régler ça ? Comment croyait-il que j'allais régler ça ? En me plantant devant un groupe de plus vieux et en leur intimant de se taire ? J'avais quatorze ans. Ils ne m'écouteraient jamais. Jamais.

– Règle-le, toi, ai-je rétorqué sèchement.

George m'a regardée.

– Ce n'est pas moi qui suis le responsable ici.

Tu parles. Il était simplement tout aussi effrayé que moi à l'idée de les affronter.

Mais il fallait que je fasse quelque chose. Tout ceci était bien pire que de n'avoir personne aux réunions. Tout ceci prouvait que le Club des devoirs ne pourrait jamais fonctionner, ce qui voulait dire que la proposition de joindre les deux écoles échouerait et que tout serait de ma faute. J'avais des palpitations et la musique résonnait dans mes oreilles. Théo dansait langoureusement avec une fille qui avait mis ses mains dans les poches arrière de son jeans. Dégoûtant. Quel genre de fille ferait cela ?

Pas que je m'intéresse à ce que faisait Théo, du moins, pas à cet instant. Ma vie tombait en morceaux.

– J'appelle ma mère, a dit George en retournant dans la cuisine, m'abandonnant avec mon groupe de fêtards dansants, leur musique tonitruante et leur bouffe. Et pas un seul livre à l'horizon.

C'en était assez. J'avais besoin d'aide.

J'ai traversé la pièce, esquivant les corps et les filles stridentes, pour m'arrêter devant Colin, Blue et Natalie.

– Il faut que vous m'aidiez !

Les yeux de Natalie se sont écarquillés.

– Comment ?

– Faites-les étudier, ai-je dit, les yeux sur Colin. Blue et Natalie n'auraient pas plus d'influence que moi. Seulement un de leurs pairs aurait de l'influence sur ces adolescents attardés. Colin, je t'en prie, ai-je supplié.

Il a eu l'air navré.

– Désolé, Frances. Ce ne sont pas mes amis. Ils ne m'écouteront pas.

– Bien sûr que si ! Tu es cool !

Il a eu l'air un peu gêné. Il y avait au moins un garçon qui ne se réjouissait pas de se faire adorer.

– Ce sont les amis de Théo.

– Alors, parle à Théo !

Colin m'a regardée.

– Pourquoi tu ne lui parles pas, toi ?

Je me suis retournée et j'ai vu Théo qui avait maintenant deux filles pendues à son cou alors qu'ils dansaient. Ouais, c'est ça. Comme s'il y avait la moindre chance que je marche jusque là-bas.

– S'il te plaît, Colin. S'il te plaît.

Blue lui a donné un coup de coude.

– Va lui parler.

En roulant les yeux, Colin s'est levé et s'est avancé vers Théo. Je me suis laissée choir à côté de Blue.

– Ton petit ami est chouette.

Blue s'est contentée de sourire, l'air heureuse. Génial. J'étais tellement contente pour elle. À bien y penser, c'était vrai que j'étais contente pour elle. Mais c'était aussi un peu rasant. Elle était différente du reste d'entre nous avec son petit ami. Et j'étais peut-être un peu jalouse. Pas beaucoup. Mais peut-être un peu. Ce n'est pas que je voulais Colin, mais est-ce que ce serait trop demandé d'avoir un gentil garçon qui pense que je vaille qu'on se donne la peine et qui me rende service ?

Colin a attrapé le bras de Théo. Il a passé la main entre tous ces corps féminins grouillants. Ouais, comme si je pouvais faire ça. Théo s'est délesté des filles et s'est écarté, la tête penchée pour écouter ce que Colin avait à lui dire. Qu'est-ce qu'il était mignon, comme ça, à écouter Colin ! De la façon dont il acquiesçait, il était évident qu'il respectait Colin. Ça ne ressemblait pas aux regards qu'il me réservait. Moi, il me lançait plutôt des regards qui voulaient dire : « Pas encore couchée, toi ? Il est passé dix-neuf heures. »

Colin a fait « oui » de la tête, Théo lui a asséné une claque amicale dans le dos et ils se sont séparés. Théo est retourné à ses filles et Colin est revenu vers nous.

— Désolé, Frances. Il n'est pas intéressé.

— À quoi ?

— À étudier, a précisé Colin en s'assoyant à côté de moi puisque j'avais pris sa place à côté de Blue. Il m'a dit qu'il avait été forcé de venir, mais que ça ne voulait pas dire qu'il devait travailler.

J'ai plissé les yeux et j'ai essayé d'incinérer Théo du regard. Pas de chance.

— Est-ce qu'il a vraiment dit ça ?

— Ouais. Il m'a dit qu'il avait promis une fête amusante sans parents à ses amis, et que c'est ce qu'il allait leur offrir.

Quel salaud. J'ai vu une fille mettre la main aux fesses de Théo, et j'ai eu envie de me précipiter sur elle pour lui arracher tous ses cheveux blonds de princesse débile. En fait, j'aurais voulu agrafer Théo au mur pour lui crier son ingratitude et son égoïsme pendant une heure.

— Désolé, a dit Colin. J'ai essayé.

– Ça va, lui a répondu Blue, passant un bras derrière moi pour lui tapoter l'épaule. Merci d'y être allé. Théo est un idiot, ne t'inquiète pas pour ça.

Beurk. Je n'étais pas d'humeur à être prise au beau milieu d'une séance de sentimentalité à l'eau de rose.

Je me suis levée pour traverser la piste de danse, me heurtant contre trois couples qui s'agitaient dans tous les sens. Je leur ai tous envoyé des regards malveillants. Mais faudrait pas croire qu'ils s'en souciaient ou qu'ils m'avaient même remarquée. Oui, je me sentais invisible.

George ouvrait la porte alors que je passais devant l'entrée.

– Tu t'en vas ?

– Ouais, m'a-t-il répondu en regardant autour de lui. Ce n'est pas mon genre.

– Ce n'est pas le mien non plus.

Il m'a jeté un drôle de regard.

– Pourquoi tu viendrais pas avec moi ? Ma mère peut nous déposer à la bibliothèque, et ensuite elle pourra te déposer chez toi.

Oh, wow. Est-ce que c'était comme une invitation à un rendez-vous ? Tout à coup, j'avais la chair de poule sur les bras et mon cerveau s'est arrêté de fonctionner.

– Frances ?

Je ne savais pas quoi dire. C'était ma toute première invitation à sortir. Je ne pouvais pas y aller sans être préparée ! Même si George n'avait que quatorze ans comme moi et qu'il n'était pas super cool, c'était quand même un mec !

— Je devrais vraiment rester. Je suis censée être responsable de cette soirée.

— Ah, ouais, bien sûr. Pas de problème.

À cet instant, une fille est entrée en courant; elle criait pour Dieu sait quoi. Elle m'a foncé dedans, s'est excusée, et a repris sa course vers l'autre pièce.

Qu'est-ce que je racontais, responsable ? C'était nul ici.

— Je vais chercher mes livres.

Je n'arrivais pas à dormir.

Il était trois heures du matin, et je n'avais toujours pas dormi. Ça faisait sept heures et demie que je m'étais enfuie du Club des devoirs; j'avais eu une bonne période d'étude avec George, j'étais rentrée chez moi sans que mes parents se rendent compte de quoi que ce soit, j'avais attrapé au passage un morceau de gâteau au chocolat, et j'étais encore si fâchée contre Théo que j'avais l'impression que j'allais exploser.

Quel culot il avait de faire échouer mon projet ! Ça ne lui faisait rien que ce projet soit vraiment important pour moi ? Et pas que pour moi, pour les élèves des deux écoles aussi. Il y avait plein de gens qui comptaient là-dessus, même s'ils ne le savaient pas encore. Et lui était entré dans mon club comme un chien dans un jeu de quilles et il en avait fait un désastre total.

Je n'arrivais même pas à penser à assez de mots vulgaires pour l'insulter.

Il n'était tellement pas digne de mon amour.

Il n'était même pas digne de ma haine.

Ou peut-être que si.

Si, il était plus que digne de ma haine.

Je regardais le plafond en m'imaginant en train d'enfermer Théo dans mon sous-sol pour le battre avec mes livres d'anglais, mes livres de mathématiques et mes essais d'histoire. Le battre avec tout ce qui me passerait sous la main, jusqu'à ce qu'il se rende compte que ma vie était importante.

Rha !

J'ai empoigné mon oreiller pour crier dedans de toutes mes forces.

J'étais une ratée.

Une ratée finie.

Je n'arrivais pas à faire fonctionner le Club des devoirs. Ni par moi-même, ni avec l'aide de qui que ce soit. J'allais devoir envoyer un message à M. Walker pour lui dire que j'étais nulle et que je n'y arriverais pas.

Autant le faire tout de suite. En être débarrassée.

J'ai repoussé mes draps et je me suis levée, trébuchant sur un ballon de football que Théo m'avait un jour autographié pour rigoler. Qu'est-ce que je fichais encore avec ce truc stupide ? Je l'ai ramassé en me rendant à ma fenêtre et je l'ai jeté dehors. Je l'ai entendu atterrir dans les buissons.

Avec un peu de chance, un chien enragé le trouverait et le détruirait avant que le jour ne se lève et que je ne le revoie.

J'ai démarré mon ordinateur et j'ai commencé à écrire à M. Walker.

J'ai tapé son nom, puis je me suis arrêtée. Comment est-ce que je pouvais dire que j'étais une ratée ? Je n'avais jamais rien raté de toute ma vie. En tout cas, rien de relié à l'école. À bien y penser, jusqu'à maintenant, je n'avais jamais rien entrepris qui n'était pas relié à l'école.

Le curseur clignotait bêtement devant mon visage, en attendant que j'écrive que j'allais abandonner le rêve de deux écoles.

Mais je ne pouvais pas. Je n'arrivais pas à taper ces mots.

Pour me consoler, j'ai plutôt écrit un message haineux à Théo que j'ai fini par m'envoyer à moi-même.

Puis, je me suis remise au lit, sans avoir résolu un seul de mes problèmes.

CHAPItRE 5

Je suis restée à la maison le lendemain, prétextant la maladie. C'était ça ou affronter Allie. Je ne supporterais pas qu'elle me parle d'un garçon mignon qu'elle avait rencontré, ou qu'elle me dise à quel point ils s'étaient amusés après mon départ.

Personne ne comprenait à quel point toute cette affaire était importante pour moi. Il y avait peut-être George, mais ce qui l'intéressait, c'était l'étude; il ne s'inquiétait certainement pas pour mon article de journal.

Je ne pouvais affronter mon propre échec.

J'ai passé la journée sur le canapé. La maison était silencieuse. Tous mes frères et sœurs étaient à l'école ou à la garderie. J'avais la maison à moi toute seule. Personne pour me déranger ou pour s'immiscer dans mon malheur.

Et quand j'ai pris une des photos de Théo qui étaient sur ma table de nuit et que je l'ai brûlée avec la chandelle qui se trouvait sur la table de cuisine, il n'y avait personne pour me dire d'arrêter.

Ça m'a amenée à me demander à quel point je deviendrais méchante et malveillante s'il n'y avait jamais personne autour de moi pour me remettre sur le droit chemin. Je serais comment si je n'avais pas toutes ces responsabilités? Je deviendrais peut-être une dure à cuire qui se fait percer les mamelons et qui a un tatouage à l'intérieur de la cuisse.

J'ai presque ri en m'imaginant comme ça. Je porterais peut-être une jupe ultra-mini, des bas résille et une surdose de maquillage. Pouvez-vous seulement imaginer ce que ferait la planète si je sortais comme ça de ma chambre un matin ?

Ça serait cool.

Imaginez le sentiment de liberté. Je me ficherais de ce que pensent les gens. Je ne me soucierais ni de mes devoirs, ni d'articles de journaux pourris, ni de rien. Je ne ferais que ce dont j'aurais envie.

Puis, j'ai vu mon sac à dos dans un coin et la réalité a repris le dessus.

J'avais une bourse d'études. Les bonnes notes n'étaient pas facultatives. Et je n'avais pas envie que ce Club des devoirs soit un échec !

Je me suis assise. Pourquoi échouerait-il ? J'étais intelligente, non ? Juste parce que je n'étais qu'une élève de quatorze ans sans aucune influence sociale, ça ne voulait pas dire que je ferais aussi bien d'abandonner, pas vrai ? J'avais d'autres armes. Je devais simplement faire un choix : rendre Théo heureux pour qu'il puisse m'aimer un jour, ou oublier ce salaud et me concentrer sur ce qui était véritablement important pour moi.

Après la façon dont il s'était conduit au Club des devoirs la veille, je ne me sentais pas particulièrement altruiste envers Théo.

Alors, oublie-le.

Tout ce projet me concernait, moi.

J'avais des armes, et je n'avais pas peur de les utiliser.

J'allais laisser ses parents faire le sale boulot. J'allais vraiment le faire. C'était mon plan durant tout le chemin jusqu'à la maison des Waller : dire à sa mère et à son père à quel point il avait tout gâché et les laisser s'arranger avec lui pour qu'il se comporte mieux.

Mais la première chose que j'ai vue en entrant dans la maison, c'était Théo, allongé sur le canapé, regardant la télévision. Il avait l'air tellement détendu et arrogant, pas le moindre souci.

Évidemment qu'il n'était pas stressé. Ce n'était pas sa vie à lui qu'il était en train de gâcher.

Il a levé les yeux et m'a aperçue dans l'embrasure de la porte. Il a levé les sourcils, sûrement étonné par la fumée qui me sortait des oreilles et les flammes qui jaillissaient de mon nez.

– Salut, Frances.

Salut, Frances ? Il ne va pas me demander pardon ? Il ne va même pas reconnaître le fait qu'il a tout gâché ? Rien ?

J'ai soudainement senti que je me fichais de lui. Je me fichais de lui comme garçon. Je me fichais de lui comme garçon mignon pour qui j'avais toujours eu le béguin. Il n'était qu'une ordure !

– Théo !

Son regard est passé de la télé à moi.

– Ouais ?

– C'est quoi ton problème ?

Mon ton hostile a eu l'air de le surprendre un peu. C'était sûrement parce que, normalement, chaque fois que je lui parlais, je lui vouais un culte évident et que je bavais d'admiration devant lui. Jusqu'à aujourd'hui.

– Qu'est-ce qui se passe, Frances ?

– Toi ! ai-je dit, entrant dans la pièce d'un pas décidé.

J'ai attrapé un coussin et je le lui ai jeté à la poitrine.

– Belle poitrine, soit dit en passant. Dommage qu'elle appartienne à un salaud.

Il a intercepté le coussin et m'a regardée sans comprendre.

– D'où ça sort, ça ?

– Tu as fait échouer le Club des devoirs !

– Oh, ça, persifla-t-il en balançant le coussin par terre. Je l'ai amélioré, a-t-il continué, se détendant.

– Non, tu ne l'as pas amélioré !

J'ai repris le coussin et lui en ai asséné un coup sur la tête. Fort.

– Hé ! Ho ! a-t-il protesté, attrapant mon poignet d'une main et lançant le coussin au loin de l'autre. Arrête ça.

– Non ! J'ai lancé un autre coussin au bout du canapé, et je l'ai frappé directement au visage, tout en l'évitant lorsqu'il a bondi sur ses pieds.

– Tu ne te rends pas compte que je suis boursière ? Il faut que j'aie de bonnes notes. Je ne peux pas compter sur la pratique d'un sport stupide pour me permettre de me laisser couler au fil de mon éducation, moi. Il faut que je travaille fort pour réussir, et j'avais besoin de ton aide et tu m'as laissé tomber !

Je l'ai frappé encore une fois, puis j'ai bondi de côté, me cognant le genou contre la table à café.

La douleur s'est élancée à toute vitesse le long de ma jambe et je me suis éloignée en clopinant. Crétin de Théo. Tout était de sa faute.

– Ça va ?

Je lui ai fait les gros yeux.

– Ferme-la ! Ne fais pas semblant d'être gentil. Tu es un salaud et tu as tout fait échouer.

Je n'allais certainement pas me laisser embobiner par sa fausse sollicitude. Il avait échoué lorsque ça comptait vraiment.

– Frances, je n'essayais pas de tout faire échouer. Tu voulais des gens et ils sont venus. Personne ne serait venu si ça avait été pour faire des devoirs.

Il semblait énervé et peut-être un peu mêlé.

Mais je n'allais pas me sentir mal pour lui.

– Crois-le ou non, Théo, il existe des gens qui font leurs devoirs et pour qui un environnement mixte s'avère plus propice au plaisir. Et je parle bien de faire des devoirs. Ne me lance pas ce regard stupide.

– Quel regard ?

– Le regard qui dit que tu as des pensées grossières derrière la tête. Tu peux les oublier. Je ne suis pas intéressée à toi ou à tes stupides manières. Oublie le Club des devoirs. Tu peux garder tes affreux amis. Je vais faire fonctionner ce club sans toi !

Je lui ai lancé le coussin de toutes mes forces, mais il l'a attrapé facilement.

Quelle brute !

– Frances…

J'ai tourné les talons et je suis sortie.

Et je me suis rendue jusqu'à l'escalier avant que mes jambes ne flanchent.

J'étais assise sur la dernière marche lorsque Blue et Allie sont descendues pour dîner, quelques minutes plus tard.

– Frances ! Qu'est-ce que tu fais ici ?

Qu'est-ce que j'avais fait ? J'avais engueulé Théo ? Je ne gueulais jamais. Jamais. Et je n'engueulais particulièrement pas les garçons pour qui j'avais un béguin.

En plus, j'avais encore besoin de lui ! J'ai regardé mes amies sans savoir quoi leur dire.

– Montons.

Blue m'a pris un bras, Allie s'est accrochée à l'autre et elles m'ont traînée jusqu'à l'étage, puis le long du corridor jusqu'à la chambre de Blue.

Elles ont fermé la porte, m'ont accompagnée jusqu'au lit et se sont assises.

– Qu'est-ce qui se passe ?

Je leur ai raconté ce qui s'était passé. Chaque petit détail. Quand j'ai fini, les deux m'ont regardée comme si j'étais une bizarroïde avec un pied qui lui poussait en plein milieu du front.

– Quoi ?

– Je ne t'ai jamais vue comme cela, a commenté Allie.

– Comme quoi ?

– Hurlant.

– Et lançant des choses, a renchéri Blue.

J'ai haussé les épaules et je me suis laissée tomber sur le lit. Elles avaient raison. Qu'est-ce qui n'allait pas avec moi ? D'abord, je mentais à mes parents et, maintenant, j'étais devenue cinglée ? Ce n'était pas bon. Qu'est-ce qui m'attendait ? J'allais décrocher pour entreprendre une carrière de criminelle. Qu'est-ce que j'étais en train de devenir ?

— Alors, qu'est-ce que tu vas faire ? m'a demandé Allie.

Excellente question. Abandonner ? Mais je ne voulais pas abandonner. Je ne pouvais pas abandonner. Deux écoles dépendaient de moi ! Tuer Théo ? Déjà, ça me chantait davantage. Mais ça ferait de moi une meurtrière, et j'avais déjà décidé que je ne voulais pas me lancer dans la criminalité. Retourner à mon ancienne vie ?

Les devoirs les vendredis soirs ? La gentille petite fille ? D'une certaine façon, ça ne me semblait plus tellement attrayant.

— Tu dois récupérer l'appui de Théo, a affirmé Allie.

— Pas de problème. Ça se fera tout seul.

— Je suis d'accord avec Allie, a dit Blue. Tu as besoin de lui.

— Comme d'un pic à glace dans le pied.

J'avais décidé que je détestais Théo. Il méritait d'être détesté, alors je le détesterais.

— Non, sérieusement, si tu veux que ce Club des devoirs fonctionne, tu as besoin de son aide, a réitéré Allie. Tu as besoin de lui pour qu'il emmène des gens, et il faut qu'il les contrôle.

— Ouais, ça c'est sûr que ça va lui plaire. Il a tellement envie de contrôler ses amis.

Allie a mis ses mains derrière sa nuque pour faire bomber son torse.

— Tu as des armes, ma fille. Utilise-les.

J'ai regardé ma copine.

– Quoi ? En mettant des vêtements serrés et en agitant ma poitrine devant son visage ?

– Exactement.

Même si un petit frisson m'a parcourue à l'idée de faire une chose pareille, j'ai fait « non » de la tête.

– Il a des filles partout autour de lui, tout le temps. Il doit être immunisé.

Allie était énervée.

– Aucun garçon n'est immunisé contre le corps d'une fille.

Mon cœur tressauta. Y avait-il vraiment une chance que Théo ne soit pas immunisé contre moi, en tant que fille ?

– Je pense que Frances a raison, a interrompu Blue. Théo ne remarquerait pas la poitrine de Frances même si elle se présentait à la salle à manger toute nue.

Génial. La seule fois de ma vie où j'aurais préféré avoir tort.

– Tu dois utiliser d'autres armes, a dit Blue.

– Quelles armes ?

– Ton cerveau.

Je l'ai regardée.

– Qu'est-ce que tu veux dire ?

– Penses-y.

J'ai pensé.

Et j'ai trouvé.

Mais avant même que je n'aie pu parler de ma brillante idée à mes amies, quelqu'un a frappé à la porte. La mère de Blue qui nous disait que c'était l'heure du dîner ?

– Frances ? Es-tu là ?

Oh là là. C'était Théo !

Je me suis levée d'un bond, mon cœur battant la chamade, tandis que mes amies ont eu l'air à peine embêtées par l'interruption. Immunisé, vous dites ?

– Je suis ici, ai-je répondu. C'était incroyable à quel point ma voix avait l'air normale.

Ce truc de confrontation me stressait vraiment.

– Je peux entrer ?

Allie a jeté un regard vers Blue.

– Tu l'as bien dressé. Ma sœur fait toujours irruption dans ma chambre sans crier gare.

Je ne peux pas dire que ça me dérangerait que Théo fasse irruption dans ma chambre. Excepté que je le détestais. C'est vrai. J'avais momentanément oublié ce détail.

– Entre, ai-je répondu.

Je me suis levée en serrant les poings de chaque côté de mon corps. Je pouvais le faire. Je pouvais utiliser mes armes.

La porte s'est ouverte et Théo est entré. Qu'est-ce qu'il était beau ! Jeans noirs, t-shirt noir, cheveux qui lui bouclaient doucement dans le cou. Il avait l'air viril et tellement sexy. Si je ne l'avais pas si bien connu, il m'aurait peut-être même intimidée. Il donnait l'impression d'être un mauvais garçon, mais au fond, c'était Théo.

Un salaud, tu te souviens ?

– Qu'est-ce que tu veux ?

Excellent. J'avais eu l'air très hostile.

Il m'a regardée.

– Tu ne peux pas me tenir à l'écart.

– De quoi ?

– Du Club des devoirs. Si je veux venir, je vais venir.

Le défi faisait briller ses yeux, et j'ai senti un frisson électrisant me parcourir le corps. Il ne m'avait jamais regardée comme cela, comme si j'existais vraiment.

J'ai levé le menton.

– Vas-tu continuer à faire la fête ?

– Je ferai ce que je veux.

– Non, tu feras ce que, moi, je veux.

Aïe, aïe, aïe ! Est-ce que je venais vraiment de dire ça ? Eh oui, mais c'était ma vie qui était en jeu et j'allais la protéger !

Il a levé un sourcil.

– Ah, bon ?

– Oui. Tu viendras, tu emmèneras tes amis et tu feras en sorte qu'ils étudient tous exactement comme je te le dirai.

Il a souri.

– Peut-être que je ne viendrai pas.

J'ai plissé les yeux. Il semblait ne vouloir faire que le contraire de ce que je voulais. Un truc de contrôle ? Un truc masculin ? Pas que ce soit important. J'allais gagner cette bataille. J'avais une arme-clé, et je n'allais pas me retenir.

– Non, Théo. Tu viendras. Tu m'aideras. Tu feras ce que je te dirai de faire. Tu feras tout ce dont j'ai besoin.

Il a de nouveau levé le sourcil.

– Je ne crois pas.

– Moi, si.

Je sentais qu'Allie et Blue me regardaient, mais je n'osais pas les regarder. Je gardais mon regard fixé sur Théo et j'essayais de ne pas me sentir terrifiée.

– Et pourquoi est-ce que je ferais tout ça ?

– Parce que tu veux jouer à la crosse.

Il a ri.

– Quoi ? Tu vas m'empêcher de jouer à la crosse ?

– Moi, non, mais tes parents, si.

Son sourire s'est évaporé.

– Qu'est-ce que tu dis ?

Je n'avais jamais réalisé tout le plaisir que l'on peut avoir à être méchante. Il faudra que j'intègre ça à ma vie plus souvent. Le pouvoir total.

Théo s'est renfrogné.

– De quoi parles-tu ?

– Tes parents. Tu fais ce que je veux, sinon ils entendront une histoire qui sera peut-être un peu exagérée. Mais qu'elle le soit ou non, ça sera suffisant pour te sortir de l'équipe.

La beauté d'être si proche de la famille Waller. Je savais comment étaient ses parents, et ils n'accepteraient jamais qu'il laisse tomber sa sœur ou l'une de ses amies. Moi, en l'occurrence.

Théo a plissé les yeux.

— Tu ne peux pas faire ça.

— Non ?

Il m'a fusillée du regard.

Je le lui ai rendu.

— Tu ferais vraiment ça ?

Il n'avait pas l'air content. Parfait.

— Oui, mais seulement parce que tu m'auras forcée à le faire. C'est de ta propre faute.

Pour un instant, j'aurais pu jurer avoir aperçu un éclat d'admiration dans ses yeux, mais il s'en est vite débarrassé et l'a remplacé par un air renfrogné.

— Très bien.

Très bien ? Il se rendait ? Impossible. Ça ne pouvait pas être si facile.

— Très bien, quoi ?

— Je viendrai.

– Et tu emmèneras des amis ?

Il fronçait des sourcils.

– Oui.

– Et pas de fête ?

Il m'a longuement fixée, et je voyais un tendon qui sautait dans son cou. Il a dit enfin :

– Il faudra qu'on négocie.

Puis, il est parti. Wow.

Je me suis aussitôt laissée retomber sur le lit, les genoux tremblants. Allie et Blue me regardaient.

– Qu'est-ce qui vient de se passer ? a demandé Allie.

– Du désespoir, ai-je répondu.

– J'imagine, a dit Allie en prenant place à côté de moi. Je crois que nous avons un problème, Blue.

– Quel problème ? ai-je demandé. Mis à part le fait que j'étais possédée par une timbrée ?

Blue a poussé un soupir.

– Je sais.

– Tu sais quoi ? ai-je demandé. C'est quoi le problème ?

— Qu'est-ce qu'on va faire ? a demandé Allie.

— Je ne sais pas, a dit Blue.

— À propos de quoi ? ai-je insisté; elles m'ignoraient. De quoi parlez-vous ?

Ma voix était devenue un peu hystérique, mais elles continuaient de m'ignorer.

— Nous devrions appeler Natalie, a affirmé Blue.

— Oui. Nous avons peut-être tout foutu en l'air, a dit Allie.

La mère de Blue nous a crié que c'était l'heure du dîner, et mes amies se sont dirigées vers la porte.

— Hé !

Elles se sont retournées pour me regarder.

— Qu'est-ce qui se passe ?

J'espérais avoir été assez exigeante cette fois-ci.

Allie et Blue se sont échangé un regard, puis elles se sont tournées vers moi. Allie a poussé un soupir.

— La façon dont tu viens d'engueuler Théo ?

— Ouais ?

Génial. Comme si je n'étais pas déjà assez stressée à ce sujet.

– Il t'a remarquée.

J'ai froncé les sourcils.

– Et alors ?

Blue a soupiré.

– Non, il ne t'a pas seulement remarquée. Il t'a remarquée.

Je les regardais fixement. Elles voulaient dire que Théo m'avait vraiment remarquée ? En tant que fille ? En tant que quelqu'un d'autre que l'amie de sa sœur ? Un frisson grisant m'a de nouveau parcouru le corps, puis je me suis souvenue à quel point il avait gâché le Club des devoirs. J'ai levé le menton.

– Eh bien, il est trop tard pour lui. Je sais déjà qu'il est un salaud fini. Il aurait dû me remarquer il y a un mois.

Et c'était vrai. Il m'avait poussée à bout. Allie m'a longuement dévisagée, puis elle s'est détendue.

– Eh bien, ça va alors. Nous n'avons pas à nous en faire.

Pourquoi est-ce que j'avais l'impression qu'elle avait tout faux ?

Quelques minutes plus tard, je m'assoyais à table en face de Théo. Il m'a fait un signe de la tête, et il a envoyé un petit regard nerveux vers ses parents.

Que dire de cela ? Il avait peur de moi. Ou, du moins, il respectait mon pouvoir.

Intéressant.

La question était : et maintenant ? Qu'allait-il se passer ?

Je ne savais absolument pas quoi faire de ce pouvoir.

Je supposais que je ferais mieux de le découvrir.

CHAPItRE 6

En revenant à la maison, j'ai trouvé un message de M. Walker.

Bonjour Frances,
Je n'ai reçu aucune nouvelle de toi concernant le Club
des devoirs et tu as manqué les deux dernières réu-
nions du journal. Je voudrais savoir où tu en es. L'article
est à remettre dans six semaines.

M. Walker

Mercredi, dix-neuf heures cinq.

Personne ne s'était encore pointé pour le Club des devoirs,
sauf mes amies et moi.

Et George Moon. Lui et moi étions dans la cuisine, travaillant
sur un essai que je devais écrire pour le cours d'anglais, mais
je n'arrivais pas à me concentrer. Toute mon attention était sur
la porte d'entrée. Est-ce que Théo allait venir? Et que ferait-il
une fois arrivé?

– Alors, Frances, a dit George.

– Quoi?

Il a touché mon bras; je l'ai regardé, avec ses lunettes et ses
cheveux courts et roux.

– Je... euh... me demandais...

J'ai poussé un soupir.

— Qu'est-ce que tu te demandais ?

— Voudrais-tu… peut-être aller voir un film avec moi vendredi ? Ma mère pourrait nous conduire.

Un rendez-vous ? Mon premier vrai rendez-vous ? Je suis presque tombée de ma chaise.

Les joues de George étaient écarlates et on aurait dit qu'il aurait préféré se trouver ailleurs.

Théo m'est venu à l'esprit pendant une fraction de seconde. Et je n'ai rien senti. Pas de désir ardent. Pas de béguin. C'était fini. Il m'avait guérie de mon obsession en me montrant le côté de sa personnalité qu'il montrait aux autres depuis si longtemps. Ce qui voulait dire que j'étais libre. Pour George.

George était parfait pour moi. Studieux, sérieux, et un élève dévoué. Mon genre de mec. J'ai donc acquiescé.

— D'accord. Je veux bien.

Il a souri et je lui ai souri en retour.

Puis, la porte de devant a claqué et j'ai entendu des éclats de voix. Le visage de George s'est défait.

— Ils sont revenus ?

— Ne t'en fais pas. Cette fois-ci, ils étudieront, l'ai-je rassuré en me levant d'un bond pour me rendre vers le vestibule. Les mêmes personnes que la dernière fois y étaient, transportant de la pizza, des boissons gazeuses, des disques compacts et même un panier de basket miniature.

Allie a vite rejoint un groupe de joueurs de crosse qui se rendaient vers le salon, tandis que Blue et Natalie se sont assises au pied des marches.

J'ai croisé les bras et j'ai attendu.

Le dernier à entrer dans la maison, c'était Théo et lorsqu'il m'a aperçue, il s'est arrêté net.

Merde. Pour quelqu'un qui avait complètement oublié Théo, j'avais le cœur qui battait vraiment vite en ce moment.

Mais j'ai levé le menton pour rencontrer son regard.

— C'est quoi l'idée avec la cantine mobile et la discothèque ?

La musique résonnait déjà dans toute la maison.

Il a plissé les yeux.

— Lâche-moi, tu veux ? Je suis ici, non ?

— Il n'y avait pas que ça à l'entente.

Il est entré dans la maison en jetant son sac à dos sur le sol et m'a prise par le bras pour m'entraîner vers le salon.

— Regarde.

J'ai regardé. Le panier de basket miniature était installé et il y avait déjà des gens qui dansaient. La boîte de pizza était ouverte sur la table et les gens mangeaient.

— Ça ressemble à la dernière fois.

— Regarde de plus près.

Je me suis rendu compte que la main de Théo était toujours autour de mon bras. Pas que ça m'importait.

— Est-ce que tu regardes ?

Je me suis efforcée de ne pas penser à sa main, et j'ai regardé. Assez étonnamment, presque tout le monde avait ouvert ses livres. La plupart ne servaient pas, mais ils étaient ouverts. J'ai même entendu un couple discuter d'un passage dans leur livre de physique.

Il y avait du progrès, mais pas assez pour que le Club des devoirs soit un succès. Je me suis tournée vers Théo.

— C'est tout ?

Il a froncé les sourcils.

— Qu'est-ce que tu veux dire ? Ils travaillent.

— Tu appelles ça travailler ?

— Oui, m'a-t-il répondu en rencontrant mon regard.

— Moi, j'avais déterminé que chaque matière avait sa pièce. On ne peut pas tout mélanger comme c'est là. C'est trop mêlant !

— Pour qui ?

— Pour tout le monde !

Théo a roulé les yeux.

– Écoute, Frances, je veux bien te donner un coup de main, mais il faut que tu te décoinces un peu.

Il fallait que je me quoi ?

– Tu veux que ça fonctionne, ton truc ? m'a-t-il demandé.

– Bien sûr que oui. C'est pour ça que je te fais du chantage !

– Au moins tu le reconnais.

– Quoi ?

– Le chantage.

– Je ne suis pas assez stupide pour m'imaginer que tu m'aiderais parce que tu m'aimes bien, si c'est ce que tu veux dire.

Quelque chose a traversé le visage de Théo, mais il n'a pas réagi à ma déclaration. Il a plutôt dit :

– Si tu veux que ce truc fonctionne, tu dois relâcher tes critères.

– Non, je dois les maintenir. Vous ne savez vraiment pas comment vous y prendre pour étudier, vous autres.

– Non, c'est toi qui ne sais vraiment pas comment t'y prendre pour penser comme le reste de l'humanité. Tu es toute seule en ton genre.

– Quel genre ?

Je n'avais pas l'impression qu'il s'apprêtait à me lancer des tonnes de compliments.

– Une malade de l'étude.

– Une malade ?

J'étais très consciente que je n'étais pas la vedette de l'heure à l'école et, évidemment, les gars ne me couraient pas exactement après, mais de là à être une malade…

– George ne me trouve pas malade, ai-je lancé.

– George ? George qui ?

– George Moon, ai-je dit en levant le menton. Il m'a invitée à sortir.

– Eh bien, tant mieux pour lui. Mais ça ne change rien : si tu veux que ce truc fonctionne, il faudra que tu changes, m'a-t-il dit en me fusillant du regard. Même moi, je ne peux pas m'arranger pour que les gens se présentent pour le genre de soirée que tu veux organiser. Décoince-toi, ou c'est fichu.

– Je n'ai pas besoin de me décoincer !

– Non ?

Ses yeux étincelaient de défi.

– Je suis parfaitement décoincée.

Il est allé jusqu'à sourire.

– Frances, tu es la personne la plus coincée que je connaisse.

– Je ne suis pas coincée.

– Tu veux que je te le prouve ?

– Tu ne peux pas.

Théo me prouvant que j'étais coincée ? Je n'avais pas l'impression que ce serait une chouette expérience.

– Vendredi soir.

J'ai cligné des yeux.

– Quoi, vendredi soir ?

– Dix-neuf heures. Chez moi.

– Pourquoi ?

– Tu veux que je t'aide, oui ou non ?

– Ce n'est pas que je veuille ton aide.

Je n'avais pas exactement le choix. Il était le seul adolescent branché que je connaissais.

– En plus, j'ai déjà un rendez-vous vendredi à dix-neuf heures.

Qu'est-ce que ça faisait cool ! J'avais un rendez-vous.

Il a plissé les yeux.

– Avec George.

– Ouais.

– Où ?

– Au cinéma.

Son sourcil s'est arqué.

– Tu as vraiment un rendez-vous?

– Bien sûr que j'ai un rendez-vous. Apparemment, une fille studieuse, c'est attirant, pour le bon type de garçon, lui ai-je asséné avec un regard furieux.

Et vlan!

Il a haussé les épaules.

– N'importe quoi.

Il a commencé à se retourner, mais je lui ai attrapé le bras.

– Alors, tu vas leur dire d'éteindre la musique, de ranger la bouffe et de se mettre au travail? J'ai un horaire à respecter.

– Non.

– Non, quoi?

– Tu vas trop loin. Tu changes ou tu échoues. Appelle-moi quand tu te seras décidée.

Puis, il est sorti en claquant la porte derrière lui.

Et dire que les filles tombaient à ses pieds. Je n'arrivais simplement pas à le comprendre.

Mais c'était extra qu'il fiche le camp. Le Club des devoirs était tout à moi maintenant.

Je me suis rendue jusqu'au lecteur de disques pour l'éteindre, en dépit de nombreuses protestations. J'ai levé les mains et je me suis soudainement rendu compte que j'étais une élève de quatorze ans dans une pièce remplie de gens plus vieux, et que je venais d'éteindre la musique.

Est-ce que j'avais perdu la tête ?

C'est exactement pour ça que j'avais besoin de l'aide de Théo.

Puis, je me suis renfrognée. Je n'avais pas besoin de son aide. Je lui montrerais que j'avais raison. Les gens allaient découvrir à quel point c'était amusant d'étudier, et tout irait bien. J'ai consulté mon horaire.

— Merci d'être venus. Chaque matière a une pièce qui lui est destinée.

J'ai commencé à les énumérer, mais personne n'a bougé. Ils se sont contentés de me fixer.

Je me suis raclé la gorge.

— Nous étudierons pendant quarante-cinq minutes, puis nous ferons une rotation.

J'ai cherché Allie du regard; elle se trouvait dans un coin avec un garçon.

— Allie, pourrais-tu décrocher le panier de basket, s'il te plaît ?

Un grand garçon s'est planté juste devant le panier pour l'en empêcher, et Allie m'a lancé un bref regard avant de s'asseoir.

Génial. Mutinerie chez l'une de mes meilleures amies.

— Alors, quand est-ce qu'on s'amuse? a demandé une rouquine.

— On n'est pas ici pour s'amuser. On est ici pour étudier. Vous vous garantissez de meilleures notes. Qu'est-ce que vous voulez de plus?

— Pas ça, en tout cas.

Le garçon au panier de basket l'a décroché de la porte et il a ramassé son sac à dos et un livre avant de s'en aller.

La rouquine lui a emboîté le pas.

Et trente secondes plus tard, la maison était vide.

— Impressionnant, a commenté Allie.

Elle ne s'était pas déplacée d'un poil.

— Je n'ai jamais vu quelqu'un mettre fin à une fête aussi rapidement, a-t-elle continué.

— Ce n'était pas une fête.

Pourquoi personne ne comprenait ça?

— Il faut que tu te décoinces, Frances, m'a dit Allie.

Quoi? Allie aussi?

– Mais…

Je n'étais pas coincée; pas du tout. C'est seulement que j'avais des responsabilités et que j'essayais de faire du bon boulot et…

Je me suis tournée vers les escaliers, là où Blue et Natalie étaient toujours assises.

– Vous me trouvez trop coincée, vous?

Blue a hésité.

– C'est vrai que tu étudies beaucoup.

– Natalie?

Elle a jeté un regard vers Allie et Blue, puis a haussé légèrement les épaules.

– Tu es peut-être un peu trop rigide parfois.

Incroyable.

Trahison totale de la part de mes amies.

Soudain, George est entré dans le vestibule.

– Je dois y aller, moi aussi.

George! Lui, il m'aimait telle quelle!

– Merci d'être venu, George.

– Vendredi soir alors?

– Oui.

Je leur montrerais à tous ! Je leur montrerais que je pouvais avoir une vie sociale en étant moi-même. Et vlan !

– Alors, je t'envoie un courriel pour savoir comment me rendre chez toi ?

– Bien sûr.

Il a failli regarder mes copines, puis il s'est esquivé.

Je les ai fusillées du regard.

– Vous voyez ? J'ai un rendez-vous. Combien d'entre vous avez un rendez-vous vendredi soir ?

Mon expression a coupé l'envie à Blue de nous faire savoir qu'elle avait sans aucun doute un rendez-vous avec son petit ami parfait.

– Alors, vendredi, George et moi on pourra peut-être mettre au point un nouveau Club des devoirs conçu pour ceux qui prennent vraiment leurs études au sérieux.

Un club qui manifestement n'inclurait pas mes amies.

– Salut.

Et je suis sortie.

Seule.

Et je me suis sentie misérable.

— Tu ne vas pas sortir avec ce garçon vendredi, a tranché ma mère.

Cette journée était la pire de ma vie.

— Sa mère va nous reconduire. Qu'est-ce qui pourrait arriver ?

Ma mère a fait non de la tête.

— Tu as quatorze ans. C'est trop jeune pour sortir avec des garçons.

— Maman !

— Tu pourras sortir avec des garçons lorsque tu auras dix-huit ans, a dit mon père.

— Dix-huit ans ? Dix-huit ans ?

— Pour l'instant, tu dois te concentrer sur l'école. Tu auras amplement le temps de sortir avec des garçons lorsque tu seras plus vieille.

Mon père a pris sa fourchette pour recommencer à manger le pain de viande que ma mère lui avait gardé au chaud pour son retour du boulot.

— Je n'ai pas besoin d'étudier à chaque minute de chaque journée.

Le regard de mon père s'est très vite levé sur moi.

– Ce genre de réflexion te mènera en punition.

– Alors, c'est ça ? Pas de rendez-vous ? Jamais ?

– L'école, Frances. Veux-tu vraiment finir comme ton père et moi, à travailler tellement fort qu'il te reste à peine le temps de passer un moment avec ton mari, sans parler de tes enfants ? Vivant dans une maison trop petite pour ta famille ? Non. Tu feras mieux que ça, et ça commence dès maintenant. Tout ce que tu fais a des répercussions. Tu ne peux pas perdre ton temps avec les garçons.

– Peut-être que je n'ai pas envie d'étudier tout le temps.

Ils étaient cinglés ! Comment pouvaient-ils me faire ça ? J'étais leur enfant parfaite, et ils continuaient de me traiter comme si j'étais une espèce de déviante irresponsable ! Avaient-ils seulement idée de ce que j'endurais pour être à la hauteur de leurs attentes ?

– C'est assez. Dans ta chambre. Maintenant. Tu reviendras quand tu seras prête à être constructive.

– Mais…

Mon père m'a montré les escaliers.

– Maintenant.

J'ai repoussé ma chaise, sortant bruyamment de la pièce. Larmes stupides. Pourquoi je pleurais ? Seulement parce que Théo pensait que j'étais une idiote, que mes amies m'avaient reniée, et que je n'avais pas la permission de sortir avec la seule personne sur la terre entière qui croyait que j'étais cool comme j'étais.

Dix-huit ans ? Ils se fichaient de moi ou quoi ?

J'ai martelé du pied chaque marche de l'escalier et j'ai fait claquer la porte de ma chambre du plus fort que j'ai pu, faisant tomber de mon mur un prix de science. Prix de science de mes deux. Si j'avais été une dinde, ma vie serait tellement différente. J'irais à l'école publique sans m'inquiéter de ma bourse d'études, sans aucune pression universitaire.

Je me suis lancée sur mon lit, fourrant mon visage dans un oreiller.

– Je déteste ma vie, ai-je hurlé dans l'oreiller.

Rien d'étonnant à ce que je sois la reine des coincées ! J'étais perdante à coup sûr. Aucun espoir d'en sortir. Le temps que mes parents finissent leur œuvre, je serais si socialement attardée que je ne serais même pas capable de garder un emploi.

Vendredi soir.

Vingt heures.

J'aurais dû être à mon rendez-vous avec George.

Mais non.

J'étais à la maison. Sans amies, puisque je n'avais toujours pas recommencé à leur parler, sauf pour leur dire qu'on m'avait interdit de sortir avec des garçons avant d'être trop vieille pour marcher. Des horreurs pareilles devaient absolument être partagées.

J'aurais dû être en bas pour aider à contrôler mes neuf millions de frères et sœurs pendant que maman préparait le dîner, mais ce n'était plus demain la veille. Leur impitoyable destruction de ma vie ne leur donnerait pas la satisfaction de m'exploiter.

Dommage que je n'aie pas volé de nourriture avant de m'exiler dans ma chambre. J'étais déjà morte de faim.

Un bruit sourd a retenti à ma fenêtre, me faisant relever d'un bond, terrifiée. Qu'est-ce que c'était que cela ?

Un autre bruit sourd, et cette fois, ma vitre a tremblé.

Aïe, aïe, aïe ! J'étais traquée par un spectre diabolique qui flottait autour de ma fenêtre de chambre. J'ai reculé vers ma porte.

Un autre bruit sourd et, cette fois-ci, j'ai aperçu quelque chose de jaune qui flottait près de la fenêtre.

Un spectre diabolique jaune ? Les choses diaboliques sont noires, d'habitude. J'ai attrapé un gros livre de mathématiques pour me défendre, et je me suis avancée vers la fenêtre. C'était peut-être George Moon qui venait me déclarer son amour et m'emporter vers un pays enchanté. Peu probable, mais ça valait un coup d'œil.

Arrivée à la fenêtre, j'ai regardé dehors. Il faisait trop sombre pour apercevoir quoi que ce soit avec le reflet de la lumière dans ma chambre.

Mon cœur battant la chamade, j'ai ouvert ma fenêtre en tenant fermement mon livre de mathématiques.

Rien n'est entré par la fenêtre pour m'attraper par la gorge.

Alors, j'ai sorti la tête.

– Allo ?

– Salut.

– Théo ? ai-je dit. Mon cœur n'allait certainement pas ralentir avec Théo dans ma cour. Qu'est-ce que tu fais ici ?

Je pouvais à peine le voir dans l'obscurité.

– On est vendredi soir. C'est le moment de prouver que tu n'es pas coincée, tu te souviens ?

Pourquoi était-il ici ?

– Je t'ai dit que j'avais un rendez-vous.

– Eh bien, as-tu toujours un rendez-vous, ce soir ?

Touché. Mais Blue aurait affaire à moi. Comment avait-elle pu révéler mes secrets à l'ennemi ? Quelle traîtresse.

– Alors ? Tu viens ? m'a demandé Théo.

– Venir où ?

– Sortir.

Sortir.

Avec Théo.

Il n'y avait pas si longtemps, j'aurais donné ma vie pour avoir cette chance.

Plus maintenant.

– Je n'ai pas le droit de sortir avec des mecs.

Même les parfaits salauds.

– Justement.

– De quoi tu parles ?

Il s'est avancé vers la lumière de la véranda arrière. Il portait son blouson de cuir noir avec le col remonté, et il avait l'air vraiment sexy.

– Sors en cachette, a-t-il dit.

– Quoi ?

Il a souri, et j'ai vu briller la blancheur de ses dents.

– À moins que tu sois trop coincée.

– Je ne suis pas coincée.

– Alors, sors.

Un frisson d'excitation m'a parcouru le corps. Sortir en cachette ? Je ne pouvais pas faire ça.

– Tu viens ?

J'ai regardé dans la cour. J'y ai vu un mec qui représentait l'antithèse de tout ce que j'étais. Il n'étudiait pas, il avait toujours des filles à ses trousses et il ne me respectait pas, ni moi ni les principes qui me tenaient à cœur.

Puis, soudainement, j'ai ressenti le désir de faire semblant que je n'étais plus Frances Spinelli, boursière. Je voulais être Frances Spinelli, décrocheuse et orpheline.

– Frances ?

Je l'ai regardé fixement. Je n'étais pas capable. Mentir à mes parents à propos du Club des devoirs, c'était une chose. Au moins, ça améliorerait ma demande d'admission à l'université. C'était pour le bien de mes parents, même s'ils ne le comprenaient pas.

Sortir en cachette avec Théo pour prouver que je n'étais pas coincée ?

Non.

Ça ne me ressemblait pas.

– Si tu veux qu'il fonctionne, ton club, tu vas devoir m'écouter, a dit Théo.

Bien, tiens. Blue lui avait probablement raconté ce qui s'était passé quand il est parti. Je ne lui adresserais plus jamais la parole, à celle-là.

Il a haussé les épaules.

– Bon.

Il s'est tourné. Je l'ai regardé se rendre jusqu'au coin de la maison.

– Théo !

Il m'a jeté un regard par-dessus l'épaule.

– J'arrive. Je te rencontre devant la maison.

Malgré la noirceur, j'ai vu son large sourire. Puis, il a disparu.

Oh mon Dieu !

Qu'est-ce que j'avais fait là ?

CHAPItRE 7

J'ai fermé la fenêtre d'un coup sec, mon cœur battant la chamade. Je ne pouvais pas faire ça. Partir avec Théo alors qu'on m'avait interdit de sortir avec des garçons? Je n'avais même pas le droit d'embarquer en voiture avec un élève de première et sa mère, et j'allais sortir en cachette avec un mec de quatrième qui avait sa propre voiture?

Impossible.

Ce n'était vraiment pas mon truc.

Mais j'ai tout de même enfilé mes tennis et attrapé mon manteau. Un bref regard dans le miroir m'a informée que l'état de mes cheveux était sans espoir et qu'il ne valait même pas la peine que je m'en soucie.

Alors, c'est ce que j'ai fait.

Ce n'était que Théo après tout.

L'ennemi.

Il ne faudrait quand même pas que j'aie l'air de vouloir l'impressionner.

Je me suis rendue jusqu'en haut de l'escalier, je me suis arrêtée et je suis retournée à ma chambre au pas de course pour me passer un coup de peigne rapide. Il n'y avait pas de mal à être présentable, non? Ça n'avait rien à voir avec le fait que Théo soit un mec.

Je n'ai toutefois pas pris la peine de me maquiller. Pourquoi commencer quelque chose de nouveau ? Je n'en avais pas, de toute façon.

J'ai couru jusqu'en haut de l'escalier et je me suis arrêtée de nouveau. Les jumelles hurlaient, ma mère tentait de les calmer, et j'entendais quelqu'un d'autre pleurer. Elle ne se rendrait jamais compte.

J'ai inspiré profondément et je suis descendue jusqu'à la moitié de l'escalier à pas de loup.

Tu peux encore faire marche arrière, Frances.

J'ai jeté un regard entre les barreaux de la rampe. Il n'y avait que ma petite sœur Dawn qui me regardait. Ce que j'accomplissais ce soir l'aiderait un jour. J'étais en train de former mes parents, et lorsqu'elle aurait mon âge, ils seraient trop épuisés pour régner avec leur main de fer actuelle.

Ça, ou ils auraient pris l'habitude de menotter leurs enfants à leur ordinateur.

Je lui ai fait signe de ne rien dire, et elle a écarquillé les yeux.

Je me suis rendue jusqu'en bas sur la pointe des pieds, mon cœur battant si fort dans mes oreilles que j'étais certaine que ma mère l'entendrait.

Mais personne n'est sorti de la cuisine.

Il n'y avait que Dawn, plantée là, à me regarder.

Je me suis rendue à la porte d'entrée et j'ai posé la main sur la poignée.

Mais qu'est-ce que je fichais là ?

Ma mère se rendrait bien compte que j'étais partie. Elle me tuerait.

Me tuerait.

Et si je restais en haut pour faire mes devoirs, elle serait amadouée et elle oublierait bientôt que je ne devais pas sortir de la maison avec un garçon. La prochaine fois, je pourrais lui présenter la chose comme s'il s'agissait d'une soirée d'étude, et elle me laisserait sortir. Mais si je sortais en cachette, je serais sérieusement punie jusqu'à la fin des temps.

Ce serait beaucoup plus intelligent de retourner en haut.

Ne sors pas, Frances.

J'ai ouvert la porte pour me glisser dehors, fermant doucement derrière moi.

Théo était debout, appuyé sur la clôture avant, les bras croisés. Il était complètement vêtu de noir. Jeans, blouson de cuir, bottes, gants et casquette de base-ball.

Je ne sais pas pourquoi, mais cette casquette lui enlevait tout du dur à cuire. Ce n'était que Théo, malgré ses cheveux volant au vent frisquet et sa barbe de plusieurs jours qui ne faisait pas du tout « comme il faut ».

– Tu t'es rendue.

J'ai levé le menton.

– Tu as l'air surpris.

– Je le suis.

Alors que je marchais vers lui, il s'est décollé de la clôture et me l'a ouverte.

– Après toi.

Je l'ai remercié d'un signe de la tête, jetant un coup d'œil rapide à la maison par-dessus mon épaule. Dawn se tenait dans la fenêtre et me regardait. J'allais tellement me faire engueuler à mon retour.

– Tu veux changer d'idée ? m'a demandé Théo qui s'était arrêté et qui me regardait.

Oui.

– Non.

– Bien, a-t-il dit en se déplaçant vers sa voiture pour m'ouvrir la porte du côté passager. Monte, m'a-t-il dit.

– Où on va ?

– C'est une surprise.

Ne monte pas dans la voiture, Frances. Il est en dernière année et il t'emmène quelque part pour prouver que tu n'es pas coincée. La situation n'a rien de bon. Je suis montée dans la voiture.

Rien n'allait m'arrêter ce soir.

Théo s'assura que j'avais bien les pieds dans la voiture, puis il referma délicatement la porte. Alors qu'il faisait le tour de la voiture, j'ai lancé un autre regard à la maison. Dawn n'était plus à la fenêtre. Était-elle allée tout raconter à ma mère ?

Théo est monté dans la voiture qui bougeait sous son poids. Il m'a décoché un sourire, et puis il a démarré. Qu'est-ce que je faisais ? Est-ce que j'avais perdu l'entendement ? Théo était un « mauvais garçon », et moi je sortais en cachette avec lui un vendredi soir ? Qu'est-ce qui me disait qu'il n'allait pas me conduire vers un quelconque cimetière pour profiter de moi ? N'était-ce pas là ce que faisait son type de mec ? Je ne me sentais pas bien. Mon cœur s'est remis à battre la chamade et ma main s'est dirigée vers la poignée de porte; je l'ouvrirais et je courrais me mettre à l'abri.

Puis, il a attaché sa ceinture de sécurité.

Sa ceinture de sécurité.

M. Mauvais Garçon portait sa ceinture de sécurité.

C'est à cet instant que j'ai compris que je serais en sécurité avec lui.

Alors, j'ai moi aussi attaché ma ceinture et j'ai souri.

– Alors ? Où on va ?

Il ne m'a pas répondu. Il s'est contenté de me faire un sourire mystérieux avant de passer en première.

Juste comme nous nous éloignions du trottoir, j'ai vu s'ouvrir la porte d'entrée de ma maison, et ma mère est sortie sur la véranda.

Maintenant, je ne pouvais pas rebrousser chemin.

J'étais une mauvaise fille.

Et je m'en fichais.

Mes devoirs traînaient dans mon sac d'école; je ne les avais pas faits. Ma mère m'attendrait de pied ferme, et je m'en fichais.

Il s'est engagé sur l'autoroute, et j'ai compris que nous allions à Boston.

Wow. Un vendredi soir à Boston avec un beau mec. Et dire que j'avais sérieusement considéré la possibilité de rester à la maison avec mes livres. Il y avait peut-être quelque chose de bon à ne pas toujours être une bonne fille.

Peut-être. Je me sentais encore coupable.

Nous avons roulé en silence pendant vingt minutes, et j'ai commencé à me sentir de plus en plus mal à l'aise. Je n'avais rien à dire. Pourquoi? Parce que j'étais inintéressante et coincée et complètement pas dans mon élément. Pour qui je me prenais? Ce n'était pas du tout mon truc, ce genre d'escapade.

– Tu devrais peut-être me déposer chez toi. Je pourrais passer la soirée avec Blue.

Il m'a envoyé un regard que je n'arrivais pas à déchiffrer.

– Elle est sortie avec Colin.

– Ah, ai-je répondu, digérant ces nouvelles données. Peut-être chez Allie ? Ou chez Natalie ?

– Je ne te conviens pas ?

Il regardait la route, alors je ne pouvais absolument pas voir l'expression sur son visage. Est-ce qu'il blaguait ? Se moquait-il de moi ?

– Tu es un salaud.

Il a souri et m'a jeté un coup d'œil.

– Tu as décidé ça quand ?

– Quand tu as bousillé le Club des devoirs comme si ça n'avait aucune importance.

– Et avant ça ?

J'ai froncé les sourcils.

– Qu'est-ce que tu veux dire ?

– Avant le Club des devoirs. Est-ce que tu me trouvais salaud avant ?

Non, j'avais un énorme béguin pour toi.

Comme si j'allais lui dire ça.

– Ta réputation te précède. Tu es un salaud notoire.

– Ha !

À quoi pensait-il ? Je n'en avais aucune idée, mais il n'était pas le Théo auquel j'étais habituée.

– Tu n'as pas mis de maquillage ce soir.

– Et alors ?

Oh, génial. Il n'allait quand même pas commencer à me dire à quel point j'étais jeune parce que je ne portais pas de maquillage ?

– C'est que je me fiche de ce que tu penses de moi.

Ce qui était vrai, et qu'est-ce que c'était bon. C'était puissant de s'en moquer !

Il m'a lancé un regard, que je lui ai retourné. Puis, il a dirigé la voiture vers un garage, sans rien dire. Il est demeuré silencieux jusqu'à ce qu'il ait garé la voiture et coupé le moteur. Puis, il s'est tourné vers moi et a posé son bras gauche sur le volant avec désinvolture.

– Tu ne joues pas, là, hein ?

– Jouer ?

– Tu t'en fiches vraiment.

– De quoi ?

– De m'impressionner.

Il semblait si étonné que j'ai failli éclater de rire.

– C'est une première pour toi, pas vrai ?

– Je n'y ai jamais vraiment pensé.

C'était donc ça, le chemin le plus court vers le cœur de Théo ? L'engueuler, l'exclure du Club des devoirs, le faire chanter, refuser ses invitations de sorties, et se comporter en gros comme s'il était le dernier des emmerdeurs ?

À bien y repenser, c'était depuis que je l'avais engueulé dans le salon qu'il essayait de s'immiscer dans ma vie.

Ce qui voulait probablement dire que, si je succombais à ses charmes maintenant, il redeviendrait le Théo que je connaissais et je ne serais ensuite qu'une conquête parmi tant d'autres.

Eh bien, on pouvait mettre une croix là-dessus. Je ne serais pas une autre fille que Théo aurait utilisée, puis larguée. En plus, il était vraiment salaud. Il n'étudiait pas, il voulait que toutes les filles de la planète le vénèrent, et il m'incitait à adopter un comportement délinquant et trompeur.

Alors, je ne l'aimais pas, je ne voulais pas l'impressionner, et je n'allais certainement pas satisfaire son ego.

J'étais ici pour une seule raison : prouver que j'avais la bonne approche en ce qui concernait le Club des devoirs.

Minute. En quoi est-ce qu'un comportement déviant prouvait que j'avais raison pour le Club des devoirs ? Non, j'étais certaine qu'il y avait une raison constructive pour laquelle j'étais sortie avec Théo. C'était juste que je n'arrivais pas à mettre le doigt dessus.

Théo a ouvert ma portière, et je me suis rendu compte qu'il était déjà sorti et qu'il avait fait le tour de la voiture. Pour un salaud, il savait se tenir pendant un rendez-vous.

Pas qu'il s'agisse d'un rendez-vous.

De plus, il me faisait sûrement la cour afin de satisfaire son ego.

Eh bien, il pouvait oublier le projet.

J'étais ici pour lui prouver que je n'étais pas coincée, que mes plans concernant le Club des devoirs étaient raisonnables, et que c'était lui l'irresponsable qui avait tort. Ensuite, quand il aurait constaté que, de nous deux, c'était moi qui étais modérée et que c'était lui l'extrémiste, alors il n'aurait pas le choix d'admettre que j'avais raison. Et alors, il serait forcé de m'aider à organiser le club comme je l'entendais, et... à moi, le succès !

Et voilà. Je savais que j'avais une bonne raison d'être ici.

– Es-tu prête ? m'a-t-il demandé.

– Bien sûr.

– Bien.

Il m'a pris la main et nous avons traversé le garage.

Ma main ? Il avait pris ma main ? Qu'est-ce que c'était que cette histoire ?

Je savais ce que c'était. C'était son ego. Il n'arrivait pas à accepter que je ne bave plus d'admiration pour lui. Il pensait qu'avec un peu d'attention, je tomberais à ses pieds et que j'effectuerais un retour dramatique à la Frances adoratrice.

Eh bien, qu'il oublie ça. J'étais guérie.

Mais je me suis dit que ça ne pouvait pas faire de mal de lui laisser ma main. Pas parce que c'était lui, mais pourquoi pas ? C'était bien. Pas parce que c'était lui, mais parce qu'un beau mec me tenait la main en public. Ce n'était pas du tout parce que c'était Théo qui me tenait la main.

Ouais.

Nous avons marché sur le trottoir jusqu'à un endroit où des gens faisaient la file. On aurait dit un bar ou quelque chose comme ça.

Un bar ? Je n'avais pas le droit d'entrer dans un bar ! Il me manquait quatre ans pour pouvoir entrer !

Il a dépassé l'entrée et j'ai pu me détendre.

– Tu as peur d'entrer là-dedans ? Salaud. Comment osait-il s'apercevoir que j'étais devenue nerveuse ?

– Pas du tout.

– Bien. Parce que c'est là que nous allons.

Mon Dieu, mon Dieu, mon Dieu !

– Mais je n'ai que quatorze ans.

Il s'est arrêté et m'a prise par les épaules.

– Tu ne dis plus ça, vu ? Si quelqu'un t'entend, tu vas tout faire échouer.

– Mais…

– Tu voulais venir, alors maintenant, tu dois coopérer.

J'ai baissé la voix en essayant de ne pas penser au fait que je me sentais bien avec ses mains sur mes épaules.

– Mais je ne passerai jamais pour une fille de dix-huit ans.

– Tu passeras pour une fille de dix-huit ans si tu es avec moi.

Il s'est approché de moi pour me replacer les cheveux afin qu'ils me couvrent un peu le visage.

– Et hop. Te voilà superbement sensuelle. Ton teint foncé est vraiment exotique. Tu n'as qu'à avoir l'air snob et agacée, et personne ne se posera de question sur ton âge.

Sensuelle ?

Exotique ?

Superbe ?

Et il avait touché à mes cheveux !

D'accord, j'avais manifestement sous-estimé l'habileté de Théo pour ce qui était de convaincre une fille de succomber à ses charmes. Il était temps de me rappeler à quel point le club avait échoué, et à quel point Théo se fichait de tout ce qui m'importait.

Ouais.

Ouais !

Il m'a repris la main pour m'emmener dans une ruelle.

J'étais trop occupée à pratiquer mon air agacé et sensuel pour avoir peur qu'on se fasse agresser par un maniaque surgissant des ordures.

En plus, Théo faisait presque deux mètres. Qui se risquerait à l'embêter ?

Nous nous sommes arrêtés en face d'une porte noire. Théo a encore replacé mes cheveux, mes genoux se sont mis à trembler légèrement et il m'a souri.

— Tu n'as qu'à suivre mes signaux.

— C'est d'accord.

Il a mis son bras sur mes épaules et m'a attirée tout contre lui. Fort. Je sentais tout son corps contre le mien, malgré nos manteaux. Wow. Les papillons dans mon estomac s'en donnaient à cœur joie.

Théo a martelé la porte. Il a replacé mes cheveux encore une fois.

— Garde-les drapés sur ton visage, m'a-t-il dit.

Pourquoi faire ? Si je les rejetais toujours vers l'arrière, il serait obligé de me les replacer.

La soirée s'annonçait somme toute assez intéressante.

La porte s'est ouverte, révélant un garçon vraiment costaud dont le visage m'était vaguement familier.

Il a fait un signe de la tête à Théo, puis il m'a jeté un coup d'œil.

– Qui c'est ?

– Ma petite amie.

Le mec a eu un sourire un peu malsain, comme pour dire : « Ouais, tu en as beaucoup de celles-là. »

Rien de tel qu'un petit rappel que mon cavalier était un coureur de jupons de renom.

Les mecs. De vrais cauchemars !

Théo lui a tendu ce qui semblait être deux ou trois billets assez conséquents, et le gars nous a fait signe d'entrer.

– Entrez.

Incroyable. Un pot-de-vin avait suffi pour nous faire entrer par la porte arrière d'une boîte, nous, deux mineurs. Où avais-je la tête ? Il n'était pas question que j'entre là-dedans.

Théo a resserré son étreinte autour de mes épaules et nous sommes entrés. D'accord, j'étais à l'intérieur, mais il n'était absolument pas question que je reste.

Théo m'a attrapé la main pour la soulever. Le costaud a

étampé le dos de ma main et ensuite le dos de la main de Théo. Puis, il a cogné l'épaule de Théo et s'est éloigné, nous laissant à l'arrière d'un club pour dix-huit ans et plus.

– C'était quoi, ça? l'ai-je questionné. Un pot-de-vin?

– Il était capitaine de l'équipe de foot quand j'étais en première à Mapleville. Nous sommes restés en contact.

Ah, génial. La virile complicité entre athlètes. Adorable.

Ça expliquait que son visage me soit quelque peu familier…

Théo a descendu la fermeture à glissière de son blouson.

– Tu ne songes pas sérieusement à rester ici? lui ai-je demandé.

Théo a soulevé un sourcil avant d'enlever son blouson.

– Ouais.

– Mais…

Il m'a souri, puis il a déboutonné mon manteau pour me le retirer.

– Laisse tes trucs ici, nous viendrons les chercher avant de partir. On te les volera certainement si nous les emmenons là-bas.

Théo m'avait déshabillée. D'accord, il ne s'agissait que de mon manteau, mais quand même! Aucun garçon ne m'avait jamais rien enlevé avant. Jamais!

Puis, il a pris ma main encore une fois pour m'entraîner le long d'un sombre couloir, comme s'il savait exactement où il allait.

– Ce n'est pas la première fois que tu fais ça.

Il m'a souri.

– Ouais.

– Toujours avec une fille différente?

– Pas toujours. Il y a eu des retours à l'occasion, a-t-il dit.

Il a levé un sourcil.

– Jalouse?

– Pas même un peu.

Une ombre est passée sur son visage, et il n'a plus eu l'air aussi amusé.

Mais il n'a pas laissé tomber ma main.

Et quand il a ouvert une deuxième porte et que nous sommes entrés dans la boîte elle-même, j'ai failli mourir de peur sur-le-champ.

Tout était sombre. Vraiment sombre. Et bruyant. La musique résonnait si fort que je la sentais vibrer dans ma poitrine et je l'entendais cogner dans mes oreilles. Il y avait des gens partout. Pas des garçons et des filles; des hommes et des femmes. Ils dansaient. Ils portaient du noir et de la soie, et en fait quelques femmes ne semblaient pas porter grand-chose.

Absolument personne n'avait l'air aussi jeune que moi, et certainement aucune femme présente n'était sans maquillage, en jeans, tennis et t-shirt.

Sauf moi.

Mince.

– Tu veux un verre ? m'a offert Théo.

– Non, ai-je répondu en dégageant ma main de la sienne pour reculer contre le mur. Oh mon Dieu ! Qu'est-ce que c'était que cet endroit ? Où est-ce que je l'avais laissé m'entraîner ? C'était une chose de ne pas être coincée, mais c'était une autre paire de manches, cette boîte.

J'étais complètement dépassée.

Les gens sur la piste de danse ! Ils étaient déchaînés ! Ils se caressaient et s'embrassaient ! Il n'était pas question que j'aille là-bas !

Puis, Théo s'est placé devant moi pour me bloquer la vue.

– Frances ? Est-ce que ça va ?

– Non ! ai-je rétorqué en repoussant sa poitrine. Il m'a attrapé les mains.

– Lâche-moi ! Comment as-tu pu m'emmener ici ?

– Désolé.

Le simple commentaire a capté mon attention, et je me suis arrêtée pour le regarder.

— Pas de commentaires satisfaits soulignant que ça prouve que je suis coincée?

Il a haussé les épaules, mes mains toujours dans les siennes.

— Je ne voulais pas te faire peur en t'emmenant ici.

Il avait vraiment l'air sincère. Je ne comprenais pas. C'était qui, ce nouveau Théo? On aurait dit que j'avais affaire à deux personnes complètement différentes.

— Pourquoi tu n'agis pas en salaud?

Une grimace se traça sur le coin de sa bouche.

— Je ne sais pas.

— Ah.

Pas la meilleure des réponses.

— Tu veux y aller? On peut s'en aller.

— Eh bien…

Maintenant qu'il était tout gentil et qu'il me protégeait de ce qui se passait sur la piste de danse, la boîte ne me semblait plus si mal.

— Tu veux rester ici, contre le mur, pour quelques minutes pendant que tu te décides?

— D'accord, ai-je acquiescé.

Il m'a fait un petit signe de la tête, puis il a laissé tomber mes mains et s'est placé contre le mur, juste à coté de moi, son bras contre mon épaule. Comme s'il me soutenait.

Nous sommes restés ainsi pendant un moment. Je regardais les gens autour de moi et j'ai pensé à Théo qui se tenait toujours contre moi, sans rien dire de salaud. Il était là, c'est tout.

Personne ne s'est approché pour nous barber. Personne ne m'a montrée du doigt parce que j'étais la seule dans la boîte à avoir quatorze ans.

– Comment ça va ? s'est enquis Théo.

– Ça va.

– Tu veux danser ?

J'ai regardé par terre. C'était une chanson lente.

– Non.

– Pourquoi pas ?

Il s'est déplacé pour me faire face de nouveau, mais sans me prendre les mains, cette fois.

– Je ne ferai rien, a-t-il continué.

– Je ne veux pas, c'est tout.

– As-tu déjà dansé un slow ?

– Mêle-toi de tes oignons.

Il a haussé les épaules, mais il y avait encore un défi dans son regard.

– Une seule danse.

– Pourquoi ?

– Pure question d'éducation.

J'ai presque éclaté de rire.

– Qu'est-ce que c'est que cette salade ? Est-ce que tu la sers à tous tes rendez-vous ?

Pas que nous soyons en plein rendez-vous amoureux.

– Le Club des devoirs.

Il n'a pas argumenté sur mon commentaire concernant sa salade à rendez-vous.

– Qu'est-ce qu'il a, le Club des devoirs ?

– Tu ne peux pas le diriger à ta façon.

J'ai levé le menton.

– Mais si, je peux.

– Je t'ai emmenée ici pour que tu voies ce qui se passe ailleurs, dans le monde qui t'entoure. Pour que tu puisses te rendre compte que ton approche est trop rigide. Mes amis savent à quel point un environnement mixte peut être amusant. Il faut que tu te serves de ça, au lieu de le nier.

– Depuis quand tu es philosophe ?

– Depuis que tu m'as menacé de me faire renvoyer de l'équipe de crosse. Je ne laisserai jamais faire ça. Si la seule façon pour moi de jouer à la crosse, c'est de faire fonctionner ton club, alors c'est ce que je vais faire.

– Ah.

C'était donc ça, le but de la soirée. Son désir de continuer de jouer à la crosse. Aucun problème. Ma seule raison à moi, c'était le Club des devoirs.

Alors pourquoi est-ce que je me sentais si déçue ? Il ne me plaisait même plus… Pas vrai ?

– Donc, a-t-il enchaîné en prenant ma main gauche, afin que tu comprennes quels changements tu devras effectuer, tu dois voir comment vit le reste de l'humanité.

Je l'ai regardé.

– Encore des salades ?

– Je ne gaspillerais pas mes salades sur toi.

– Qu'est-ce que ça veut dire ?

Que je n'en vaux pas la peine ? Que je t'intéresse si peu que tu ne voudrais pas que je succombe à tes charmes ?

– Ça veut dire que te filer mes salades me vaudrait probablement un coup de genou dans les parties.

J'ai ri.

– Probablement. Tu es un salaud coureur de jupons.

– Tu vois ? Je le savais.

Il a saisi mon autre main et s'est mis à reculer, me tirant avec lui.

– Une seule danse. Dans l'intérêt de la science.

Une danse.

Pour le Club des devoirs.

– D'accord.

Un beau sourire a illuminé son visage, puis il a laissé tomber une de mes mains pour se retourner, m'entraînant vers la piste de danse.

Là où ses bras se trouveraient bientôt autour de moi.

CHAPItRE 8

Quand nous avons fini par nous rendre sur la piste de danse et que les plus vieux autour de moi ont commencé à se peloter sérieusement, j'ai complètement changé d'idée.

– Théo.

– Ouais ?

Il s'est tourné vers moi, en mettant ses bras autour de ma taille, et m'a attirée tout près de lui pour commencer à se balancer sur le rythme de la musique.

Peuh ! C'était seulement ça ? Il n'allait pas essayer de me tripoter ? J'ai jeté un coup d'œil autour de nous, mais personne n'avait l'air de se soucier de nous. Personne ne regardait mon habillement en plissant le nez.

– Qu'est-ce qu'il y a, Frances ?

– Rien, ai-je répondu en enlaçant son cou pour le laisser me guider sur la piste de danse. C'était bien de danser avec Théo. En fait, c'était pas mal du tout. D'une façon impersonnelle, bien entendu. Ce n'est pas que j'aimais particulièrement le fait de danser avec Théo; j'aimais danser, c'est tout. Simplement le fait d'avoir les bras d'un garçon autour de moi.

– Détends-toi.

– D'accord.

J'ai jeté un autre coup d'œil autour de moi pour me rendre compte que, chez les couples qui ne s'embrassaient pas carrément, les filles avaient toutes le visage écrasé dans la poitrine de leur cavalier. Pourquoi pas ? Théo avait une poitrine, lui aussi, non ? Autant la mettre à profit.

Je me suis donc rapprochée un petit peu de lui, tournant mon visage sur le côté afin de poser ma joue contre son t-shirt. Je sentais les battements de son cœur, et ça ne m'a pas échappé qu'il a serré ma taille un peu plus en me tirant plus près de lui.

Et vous savez quoi ? Ça ne m'a pas dérangée. En fait, j'irais même jusqu'à dire que j'aimais ça.

J'ai lové mon visage un peu mieux contre lui, et je me suis rendu compte qu'on était vraiment bien dans les bras d'un garçon. C'était peut-être parce que c'était Théo ? Ou peut-être pas. Préférablement pas.

Puis, j'ai senti qu'il embrassait le dessus de ma tête.

Aïe ! Il n'allait pas m'obliger à lui écraser le pied en lui fourrant les doigts dans les yeux, tout de même ? Il a redéposé un baiser sur ma tête, et j'ai senti ses lèvres sur mon cou, explorant et mordillant. J'ai tout de suite eu des nœuds dans l'estomac et mon cœur battait à tout rompre. Théo était totalement en train de tenter sa chance avec moi.

Pendant un instant, j'ai été vraiment tentée. Pourquoi pas ? Qu'est-ce que j'avais à perdre ?

Le Club des devoirs. Mon avenir.

Et toutes mes chances d'intéresser Théo. Quand est-ce qu'il avait commencé à m'aider? Quand je l'avais engueulé. Quand je lui avais montré que je ne me prosternerais pas à ses pieds. Quand je lui avais dit que je n'avais absolument pas besoin de lui.

Si je me mettais à lui rendre ses baisers, il aurait eu ce qu'il voulait et il s'éloignerait.

Eh bien, on oublie le projet.

Il a attrapé mon lobe d'oreille entre ses dents, et j'ai failli changer d'idée. Je comprenais maintenant pourquoi Allie embrassait tant de mecs.

Non. J'avais des plans. Prends sur toi, Frances.

Je me suis éloignée de lui, et il a pris mon visage entre ses mains.

Il allait m'embrasser. Il allait vraiment m'embrasser. Je le voyais dans ses yeux et sa bouche, et dans la douceur qu'avait prise son visage. C'était presque de la tendresse. Tendre, Théo? Je n'aurais jamais pensé ça.

Résiste, Frances.

– Non.

Il s'est arrêté, la bouche à quelques centimètres à peine de la mienne.

– Quoi?

J'ai mis les mains sur ses poignets.

– Ne fais pas ça.

– T'embrasser ? a-t-il dit, l'air perdu.

– Exactement, lui ai-je répondu en serrant plus fort ses poignets pour éloigner ses mains de mon visage. Il m'a laissé faire, et j'ai senti une vague de regret déferler en moi.

– Je ne suis pas ici pour devenir l'une de tes conquêtes, ai-je continué.

– Mes conquêtes ?

– Tu veux arrêter de répéter tout ce que je dis ? ai-je répliqué alors que la musique langoureuse cédait la place à une chanson plus rapide. Allez, viens, on danse, ai-je terminé.

– Tu n'es pas une conquête.

J'ai roulé les yeux et je me suis éloignée de lui en dansant. Ça faisait drôle de penser que quelques semaines plus tôt, un quasi-baiser de la part de Théo m'aurait probablement fait perdre connaissance. Il n'aurait pas pu mieux faire que m'arracher mon avenir pour dissiper mon béguin pour lui.

Et il n'y avait pas que ça.

Je n'étais pas une idiote. Je savais bien que la seule raison pour laquelle il s'intéressait à moi, c'était qu'il ne pouvait pas m'avoir. Et une fois qu'il m'aurait eue, je ferais partie du passé, comme toutes les autres filles. Je connaissais Théo depuis que j'avais trois ans. Je le connaissais. Je n'avais jamais vraiment pris la peine de l'évaluer jusqu'à maintenant, mais je le connaissais bien.

J'étais trop orgueilleuse pour me laisser embrasser puis larguer, même si c'était par Théo. Dans le fond, qui avait vraiment besoin de mecs? Oui, bon, moi, mais seulement comme partenaires d'étude.

Théo s'est approché de moi pour m'attraper par la taille. Je tournais autour de lui, me tortillant les hanches comme Allie nous l'avait enseigné. J'ai levé les bras au-dessus de la tête, me doutant que mon nombril allait se révéler. Montrer un peu de peau, peut-être? Je portais peut-être des tennis, un jeans et aucun maquillage, mais j'étais quand même une fille. Autant montrer à Théo ce qu'il ne tâterait pas.

Il m'a attrapée et m'a tirée contre lui, suivant le rythme plus rapide de la musique.

– Tu es impossible.

J'ai levé les sourcils et j'ai posé les mains sur sa poitrine, prête à le repousser même en dansant.

– Qu'est-ce que ça veut dire?

– Je ne te comprends pas.

Ah! Une femme mystérieuse. J'aimais bien ça.

– Tu me connais depuis toujours. Qu'y a-t-il à comprendre?

– Je te connais? a-t-il murmuré. Il a tracé d'un doigt la ligne de ma clavicule, puis il a laissé descendre son doigt vers ma poitrine.

J'ai saisi sa main pour la détourner.

– Bien sûr que tu me connais.

– Je crois que non, moi. Je pensais te connaître, mais…

J'ai échappé à son étreinte et je me suis éloignée de lui en tournoyant. C'était vraiment plus amusant que de danser avec mes amies dans le salon d'Allie, tout ça. Puis, j'ai percuté un autre garçon qui s'est vite retourné et s'est mis à danser avec moi.

Hum !

D'accord.

J'ai commencé à danser avec lui. Il avait l'air d'avoir vingt ans, les cheveux blonds et courts. Il portait un jeans et une chemise; un vrai séminariste. Rien à voir avec mon Théo, ce mauvais garçon aux cheveux ébouriffés, tout vêtu de noir. Ce mec-ci était vraiment plus dans mon genre. Il faisait probablement ses devoirs et tout ça.

Puis, Théo m'a attrapé le poignet pour me retourner contre lui, posant immédiatement les mains sur ma taille et me tirant contre lui.

– Tu es ici avec moi.

Pourquoi pas ? J'ai lancé mes bras autour de son cou en dansant.

– Tu es arrogant.

– Je ne partage pas ma nana.

– Je ne suis tellement pas ta nana.

– Alors, pourquoi tu danses avec moi ?

– C'est mon éducation.

Je n'ai pas pu m'empêcher de sourire devant son air renfrogné.

– Quoi ? Tu pensais que je voulais m'inscrire au défilé « j'embrasse Théo et je me fais larguer » ?

Il a froncé les sourcils.

– Qu'est-ce qui te fait dire que je te laisserais tomber ?

J'ai entortillé mes doigts dans les mèches qui tombaient sur sa nuque.

– T'es-tu déjà privé de larguer une fille ?

Il s'est renfrogné davantage sans rien dire.

– Tu vois ? C'est ça qui arrive quand on se tient avec une fille intelligente, Théo. Elle voit trop clair pour tomber dans le panneau.

Il m'a embrassé le front.

– Je savais bien qu'il y avait une raison pour que je déteste tout ce qui concerne les études.

Bon, d'accord, maintenant mon front était en feu. Peut-être que, tout compte fait, j'étais prête à être utilisée, puis larguée par Théo. Ou peut-être pas.

Puis, il m'a embrassé le nez, et j'ai oublié de bouger au rythme de la musique.

– Tu es un salaud, lui ai-je dit.

– Pas toujours, m'a-t-il répondu, embrassant ma joue gauche.

– Et tu traites mal les filles.

– Pas toujours.

Il m'a embrassée sur la joue droite.

– Je ne suis pas une de tes nanas.

Il m'a embrassée sur les lèvres. Un vrai baiser avec les lèvres, la langue et tout et tout. Et je lui ai rendu son baiser. Fort. Je n'entendais plus la musique. Je ne sentais plus les danseurs qui venaient nous heurter. Je ne sentais plus que la main de Théo dans mon dos, qui bougeait et me caressait. Et ses lèvres sur les miennes. Et sa langue dans ma bouche.

Et j'aurais voulu que ça ne s'arrête jamais. Jamais.

Ses mains couraient sur mes omoplates, sur le bas de mon dos, puis j'en ai senti une sur ma nuque, et sur mon derrière… Mon derrière !

Je me suis arrachée à lui. J'ai reculé.

Mes jambes tremblaient, je n'arrivais presque plus à respirer, et mon cœur était déchaîné. Déchaîné !

Et Théo n'avait pas du tout l'air suffisant. Il valait mieux, parce que sinon je lui aurais certainement fichu un coup de genou dans les parties.

Il avait l'air un peu perdu et étourdi, exactement comme moi. J'ai pris une inspiration, tant bien que mal et j'ai porté la main à mes lèvres.

Incroyable.

Ça avait été incroyable.

Théo m'a tendu les bras et j'ai encore reculé.

– Où tu vas ?

– Tu m'as mis la main aux fesses.

Il a souri, de retour à son arrogance naturelle.

– Je sais.

– Salaud. Tu ne peux pas t'empêcher de tout gâcher, hein ?

Il n'a même pas eu l'air contrit.

– Te mettre la main aux fesses a tout gâché ?

– Non.

Ça m'avait simplement fichu la trouille.

– C'est cet air stupide que tu as qui a tout gâché, ai-je repris, comme si tu venais de gagner parce que je t'ai embrassé.

Et c'était vrai. Pendant un instant, j'avais cru que ce baiser lui avait fait ressentir toutes les mêmes émotions que j'avais moi-même ressenties. Mais maintenant, il avait l'air suffisant et arrogant, comme si j'étais l'une de ses conquêtes.

– Mais c'est bon, ai-je conclu. Je n'aurais pas voulu oublier qui tu es vraiment.

J'avais besoin d'eau. Pour me la verser sur la tête. Ou sur la sienne. Une solution ou l'autre. Peu importait laquelle. J'avais seulement besoin de quelque chose qui m'empêcherait de repenser au baiser de Théo et à ses bras autour de moi.

Alors, je me suis retournée pour m'éloigner.

Théo a mis à peu près deux secondes pour me rattraper.

– Où vas tu?

– Me chercher de l'eau, lui ai-je répondu sans le regarder. Comment faire autrement? Je lui aurais probablement sauté au visage si je l'avais regardé une autre fois.

– J'y vais.

Je lui ai lancé un regard.

– Tu es quand même un salaud.

– Apparemment.

C'était la première fois qu'il ne niait pas les accusations. Je n'étais pas certaine de ce que ça voulait dire.

Il s'est ensuite arrêté devant une table vide.

– Réserve-nous cette table. Je reviens avec les verres.

J'ai acquiescé avec un soupir. Pour une ordure, il se comportait incroyablement bien.

Mais il n'en demeurait pas moins un « attrapeur de fesses » arrogant et salaud.

Il a mis presque vingt minutes à commander les verres et revenir, me laissant amplement le temps d'oublier son baiser et ses caresses. J'ai même eu le temps d'observer un peu la faune.

Théo a déposé le verre sur la table, puis il s'est assis à côté de moi, sans essayer de me toucher.

Ce qui était parfait.

– Alors, a-t-il dit.

– Quoi ?

– J'imagine que nous devrions discuter.

À propos du baiser ?

– À propos du Club des devoirs, a-t-il précisé.

– Ah, ouais.

Il a pris une gorgée de son eau minérale.

– C'est pour ça que nous sommes ici. Pour le Club des devoirs.

– Je sais.

– Alors, tu as aimé le baiser ?

– Quoi ?

J'ai aussitôt aspergé la table de l'eau que j'étais en train de boire. Théo s'est contenté de sourire en me tendant une serviette de table.

– Le baiser ? L'as-tu aimé ?

– Qu'est-ce que c'est que cette question ?

J'ai essuyé la table en tentant de ne pas tomber de ma chaise sous l'effet du choc.

Il s'est calé confortablement dans sa chaise et m'a fixée.

– Le but de la soirée, c'était de te faire voir à quel point les filles et les garçons peuvent s'amuser ensemble. En admettant que tu es d'accord que la soirée a été amusante, j'aimerais que tu comprennes qu'on ne peut pas demander à des garçons et des filles d'étudier ensemble sans avoir de plaisir. Te contenterais-tu vraiment de t'asseoir avec un livre, avec moi, et que ça s'arrête là ?

Euh, non. Mais je n'allais pas le lui admettre.

– Tu ne comptes pas.

– Pourquoi pas ?

– Parce que.

– Alors tu n'as pas aimé le baiser ?

C'était quoi, son obsession du baiser ?

– C'était bien.

– Bien ? Je t'ai donné ce que j'ai de meilleur.

J'ai levé les yeux et, pour un instant, j'ai cru entendre de l'émotion dans sa voix, comme s'il avait soudainement laissé tomber tous ses faux-semblants et qu'il était devenu sérieux. Théo s'en faisait vraiment à propos de ses baisers ? Comme s'il y avait de quoi s'inquiéter. Mes genoux en trembleraient pendant au moins une semaine. Quoique M. Arrogant n'avait pas à le savoir. Plus je l'ignorais, plus il était gentil avec moi.

– Mais je reconnais que la soirée a été amusante de façon générale.

– Mais pas le baiser ?

J'ai failli rire. Il était vraiment inquiet. C'était bon à savoir.

– La soirée m'a fait comprendre deux trucs : premièrement, c'est vrai que les garçons et les filles peuvent avoir beaucoup de plaisir lorsqu'ils sont ensemble, et deuxièmement, si quelqu'un a envie de... euh...

– S'embrasser ?

– Oui. Donc, si quelqu'un a envie de ça, je ne suis pas celle qui sera capable de l'en empêcher.

– Alors, tu as bien aimé le baiser ?

Oui, Théo était certifié obsédé.

– Donc, j'ajusterai mon Club des devoirs tant que tu t'engageras à m'aider. Un compromis.

– Pourquoi tu refuses d'admettre que tu as aimé le baiser ?

– Alors, on est d'accord ? dis-je.

– Non.

– Qu'est-ce qu'il y a encore ? ai-je dit en le dévisageant.

– Je t'aiderai à une seule condition.

– Laquelle ?

– Que tu fasses une vraie sortie avec moi. Un vrai rendez-vous.

Je me suis étouffée pour rien. Si on peut dire que le choc et la panique à l'état pur ne sont rien. J'ai mis presque une minute à arrêter de tousser.

– Quoi ?

– Un rendez-vous. Pas de perfectionnement de ton éducation; un rendez-vous.

J'ai plissé les yeux.

– Tu es en colère parce que je ne te dis pas que tu embrasses bien.

Il a haussé les épaules.

– Peut-être.

– Je serai punie pour ce que je fais ce soir.

– Pour vingt-quatre heures, le temps que tu ramènes une autre note parfaite à la maison.

Vrai. Les bonnes notes comptaient pour beaucoup dans ma maison.

– Vas-tu encore me mettre la main aux fesses ?

– Non, a-t-il répondu sans hésiter. Ça ne m'a pas rapporté ce que j'escomptais…

J'ai souri. Au moins, il apprenait de ses erreurs.

– Nous pourrions avoir un rendez-vous d'étude.

Il a grimacé.

– Un rendez-vous d'étude ? Ce n'est pas vraiment ce que j'avais en tête.

– Ce soir, je suis entrée dans ton monde. C'était amusant et je le referais.

Et c'était vrai. Ça avait été génial. Même le baiser. Surtout le baiser.

– Mais je dois continuer d'étudier et de faire mes trucs, ai-je enchaîné. Alors, la prochaine fois, c'est à toi de venir dans mon monde.

– Un rendez-vous d'étude ?

– Oui, ai-je tranché en me levant. Tu peux y penser. Moi, il faut que je rentre à la maison.

De la boîte à la voiture, Théo avait l'air incrédule, songeant sans doute au rendez-vous d'étude.

Lorsque nous sommes arrivés devant la maison, les lumières de la véranda étaient allumées, comme s'il s'agissait de projecteurs qui me recherchaient. Il a immobilisé la voiture et a posé son bras sur l'arrière de mon siège.

– Un rendez-vous d'étude ?

– Il faut mettre l'accent sur « étude ».

Allait-il m'embrasser pour me souhaiter bonne nuit ? Et, si oui, est-ce que je devais le laisser faire ou non ?

La porte de la maison s'est ouverte brutalement et ma mère est sortie sur le perron. Tant pis pour le baiser.

– Théo, tu veux bien me rendre un service ?

Il a levé un sourcil.

– Quoi ?

– Raccompagne-moi jusqu'à la porte. Si ma mère sait que c'est avec toi que je suis sortie, elle ne paniquera pas autant. Tu es comme mon frère.

– Je ne suis pas ton frère.

– Sans blague.

Ma réponse a dû le calmer : il a coupé le moteur pour sortir de la voiture, me rattrapant avant même que je me sois éloignée du véhicule. De la voiture jusqu'à ma mère, je sentais ses doigts qui me frôlaient le bas du dos.

– Maman.

– Frances.

– Tu te souviens du frère de Blue, Théo ?

Ma mère a observé Théo.

– Oui.

– Bonsoir, Mme Spinelli.

Théo a serré la main de ma mère et a soutenu son regard. Ce mec avait accepté de faire face à ma mère pour moi. Peut-être, je dis bien « peut-être », que ce geste compenserait pour l'épisode « main aux fesses ».

– Il m'a amenée chez eux plus tôt, et il me raccompagne, ai-je lancé.

J'ai pris une profonde inspiration avant de rajouter :

– J'ai décidé d'étudier avec Blue.

Théo n'a pas bronché. Il s'est contenté de sourire à ma mère comme s'il n'avait rien à cacher. Ce n'était manifestement pas la première fois qu'il mentait à un parent. Moi, par contre…,

J'avais l'impression que j'allais m'évanouir de terreur et de culpabilité.

— Tu étudiais ? Avec Blue ?

Ma mère n'avait pas l'air tout à fait convaincue, mais elle semblait tout de même un peu soulagée.

— Oui, ai-je dit, essayant d'avoir l'air maussade. J'étais fâchée que vous ne m'ayez pas donné la permission de sortir avec George ce soir…

Derrière moi, j'ai entendu Théo tousser et se déplacer.

— Alors je suis partie. Je n'aurais pas dû, mais j'étais fâchée. C'est injuste que vous me traitiez comme une enfant qui ne saurait pas comment se comporter pendant un rendez-vous. Sa mère y aurait été !

Théo a émis un son étouffé.

Ma mère m'a envoyé un regard dur.

— Nous discuterons de ça demain.

Elle a regardé Théo.

— Merci de me l'avoir ramenée saine et sauve, Théo. Je suis désolée qu'elle ait été un fardeau pour toi.

— Aucun fardeau, a-t-il dit en me lançant un coup d'œil que j'espérais que ma mère ne saurait pas déchiffrer. Pas un fardeau du tout, a-t-il insisté.

Je me demandais si mes joues étaient aussi rouges que je le croyais.

– À plus.

Il a fait un signe de la tête.

– Enchanté de vous avoir revue, Mme Spinelli.

– Pareillement. Sois prudent sur la route.

Théo m'a fait un petit signe du menton, puis il a descendu les marches au pas de course. Je n'ai même pas eu l'occasion de le voir partir, comme ma mère m'a assommée d'un regard noir.

– Toi. À l'intérieur. Immédiatement.

– D'accord.

Ils pouvaient me mettre en punition jusqu'à mes cinquante ans s'ils voulaient. Ça avait tellement valu la peine.

Pour l'avenir du Club des devoirs.

Et oui, Théo, le baiser avait été génial.

CHAPItRE 9

J'étais assise à table chez les Waller juste en face de Théo, et je n'arrivais pas à arrêter de regarder ses lèvres. Ses parents étaient dans la cuisine en train de préparer à dîner, et Blue et Allie étaient dans le salon, en train de regarder la télévision.

Théo et moi discutions du Club des devoirs, mais je repensais sans cesse à vendredi soir.

Il n'y avait que quarante-huit heures, j'étais dans les bras de Théo. Maintenant, je me trouvais en face de lui dans la salle à manger comme s'il ne s'était rien passé.

Je ne l'avais pas dit à mes amies. Comment pouvais-je expliquer ce que je n'arrivais même pas à comprendre ? Me plaisait-il, oui ou non ? Une minute oui, et l'autre minute non.

En plus, elles en deviendraient dingues. Elles n'étaient pas exactement fanatiques de « l'union Frances et Théo ».

– Alors, on peut garder la musique ? a demandé Théo.

J'ai fait « oui » de la tête.

– Du moment qu'elle joue bas, et qu'il n'y en ait que dans une pièce, pour que ceux qui n'aiment pas la musique puissent aller ailleurs.

Je serais incapable d'étudier avec de la musique, mais Théo m'avait assuré que d'autres y arrivaient.

– Tu ne feras plus cette ridicule répartition par matières, hein ?

Je l'ai fusillé du regard.

— Ne me traite pas de ridicule.

Et voilà ! Le retour de Théo le salaud.

— Crois-moi, je ne dirai jamais de toi que tu es ridicule. Je trouve seulement que la répartition « une matière par pièce » est ridicule, a-t-il précisé.

Il m'a regardée.

— Alors ? Plus de répartition par matières ?

— Qu'est-ce que toutes les filles te trouvent ?

Il a souri.

— Ça te dérange ?

— Non.

Pas vraiment.

— C'est seulement que je ne comprends pas, ai-je continué. Dire à une fille que ses idées sont ridicules n'est pas la meilleure façon de gagner son cœur.

— Ce n'est pas leur cœur que je cherche à gagner.

Pouah. Ce commentaire m'a fait l'effet d'une flèche au cœur.

— Ah, bon, ce n'est qu'une question physique, c'est ça ?

Ah! J'étais tellement contente de ne pas lui avoir permis de me prendre le derrière.

– Ce n'est qu'une question de plaisir.

– C'est ça, c'est ça, ai-je marmonné en regardant mes notes d'un air renfrogné. La bouffe, c'est seulement dans la cuisine?

– Non. La bouffe, c'est partout. Les gens aiment manger.

Je supposais que de manger ne ferait de mal à personne.

– Et des jeux, a-t-il renchéri.

– Quoi, comme jouer à la bouteille?

Il a levé un sourcil.

– Mes amis n'ont pas besoin de jouer à la bouteille pour se donner une raison d'embrasser une fille.

Ouais, j'en savais quelque chose. Bon, d'accord, j'étais préoccupée par la question du baiser. À qui la faute?

– Je pensais plutôt à des jeux d'étude, comme Jeopardy ou quelque chose du genre. On choisit des questions dans le livre et on les pose à l'équipe adverse. Le gagnant reçoit un prix, lisait-il dans ses notes.

C'était plutôt intéressant comme idée, en fait.

– Quel genre de prix?

Il a haussé les épaules.

– Je ne sais pas.

– La satisfaction des devoirs bien accomplis ?

Il m'a décoché un regard qui m'a donné envie de lui asséner un coup de pied sous la table.

– D'accord. On trouvera bien un prix, dis-je.

Tout à coup, la mère de Blue est apparue dans la salle à manger avec le téléphone.

– Frances. Téléphone.

– Encore ? a soupiré Théo.

J'ai roulé les yeux en prenant le téléphone.

– Ouais ?

– Je ne fais que vérifier, a dit ma mère.

– Je suis toujours ici.

– Bien. La mère de Blue m'a dit que tu étudiais avec Théo.

Le Club des devoirs ! Et si la mère de Blue avait mentionné que nous travaillions sur le club ? J'étais vraiment fichue.

Ah ! la vie d'une menteuse, c'était horrible !

– Ouais, il m'aide en maths.

– C'est bien. Je te rappelle plus tard.

J'ai raccroché le téléphone et je l'ai regardé d'un air maussade. Après l'épisode de vendredi soir, ma mère m'avait interdit d'aller ailleurs qu'à l'école et que chez mes amies. Je savais qu'elle n'était pas convaincue que j'étais allée chez Blue vendredi soir, mais fort heureusement, les parents de Blue étaient sortis ce soir-là et ils n'avaient pu ni confirmer ni nier mon histoire. La solution? Je devais lui dire où j'allais pour qu'elle puisse m'appeler à intervalles irréguliers afin de s'assurer que je m'y trouvais bien et que je travaillais.

Ce qui n'était pas si mal, si l'on pense aux répercussions que vendredi dernier aurait pu créer. En plus, comme le Club des devoirs se faisait chez Allie, je pouvais donc toujours y aller.

Mais c'était tellement pas bien et bizarre de mentir à mes parents. Ça ne me ressemblait pas! Mais c'était de leur faute par contre. C'est eux qui m'y avaient poussée en étant si totalement déraisonnables. Pas vrai? J'étais une personne responsable et je méritais qu'on me laisse un peu de jeu.

— Tout va bien chez toi? m'a demandé Théo.

— Ouais, lui ai-je répondu en le regardant du coin de l'œil. Merci de m'avoir tirée d'affaire vendredi. Ça a aidé que tu parles à ma mère.

Il a haussé les épaules.

— Alors, à quand notre vraie soirée?

Oh là là. Il n'avait pas oublié. J'ai senti mes joues s'empourprer et j'ai fixé mon cahier de notes.

– Je suis un peu punie.

– Et alors ? Ça ne t'a pas empêchée de sortir la dernière fois.

Je l'ai regardé.

– Hé ! Je ne suis pas une déviante totale ! Il y a des limites. Tu veux avoir un rendez-vous avec moi ? Eh bien, ce sera moi qui fixerai les conditions.

Il a souri en prenant ce regard amusé qui lui donne un air doux. Comme si je lui plaisais bien. Comme si je lui plaisais vraiment. Dommage que ce regard ne lui vienne que pendant les moments où je lui passais un savon.

– Tout ce que tu veux, a-t-il dit.

– Un rendez-vous d'étude.

Il a cligné des yeux.

– Encore ça ? Tu rigoles ?

– Non. Un rendez-vous d'étude. C'est comme ça que je m'amuse, moi.

– Et un film, ça te dirait ?

– Bon, très bien. George Moon voulait bien étudier avec moi, lui. J'étudierai avec lui.

Je mettais une de mes théories à l'épreuve. Est-ce que c'était moi qui lui plaisais, ou est-ce qu'il était plutôt motivé par l'envie de gagner le cœur d'une fille qui n'avait pas l'air intéressée ?

– J'étudierai avec toi.

Alors ce n'était pas moi. Ce n'était que le fait qu'il ne pouvait pas m'avoir.

C'était nul.

Quoi ? Est-ce que j'allais devoir le faire languir le reste de ma vie ? En admettant que je ne me fichais pas éperdument de lui, bien entendu. Il demeurait une brute.

D'accord, pas à temps plein. Parfois, il était gentil.

Et l'embrasser, c'était vraiment extra.

– Alors, quand ?

– Le Club des devoirs a lieu demain, ai-je dit.

– Ouais.

– Pourquoi pas mardi ? Comme ça, si tu te plantes au club et que je te déteste, je pourrai inventer une excuse et tout annuler.

En fait, je ne le faisais pas languir pour le plaisir. Il ne m'intéressait pas. Je ne voulais pas de lui. Je ne voulais pas qu'il me plaise. Et j'allais le dire comme ça me venait.

Il a soulevé un sourcil.

– Où ?

– Où étudier ?

— Ouais.

Il y avait une espèce de lueur suggestive dans son visage.

— Chez moi.

Il a cligné des yeux.

— Chez toi ? Mais on ne sera jamais seuls.

— C'est un rendez-vous d'étude, Théo. Il ne se passera rien de physique.

Le simple fait de dire ces mots a fait chavirer mon estomac. Qu'est-ce qu'il avait fait de moi ? J'étais devenue une mythomane obsédée à tendance criminelle !

Ce n'était pas désagréable.

— Frances.

Je me suis retournée, et j'ai vu Blue et Allie debout dans l'embrasure de la porte qui me regardaient sévèrement.

— Quoi ?

— Comment as-tu pu sortir avec George vendredi soir sans tout nous raconter ?

Je n'osais pas regarder Théo.

— Quoi ?

– Ma mère dit que ta mère a téléphoné pour dire que tu avais quitté la maison avec un mec, et que tu lui avais dit que c'était Théo et qu'il t'avait amenée ici. Je t'ai couverte, mais on est toutes vraiment insultées que tu ne nous en aies pas parlé. Comment tu as pu ?

– L'as-tu embrassé ? m'a demandé Allie.

– Qui ?

Théo ? Elle était au courant ?

– Mais George. Tu l'as embrassé ?

Théo a toussé et je me suis sentie envahie par la panique.

– Je n'ai pas embrassé George.

Il fallait que je leur dise. Je ne pouvais plus supporter les mensonges. Ça me rendait malade et mon cas empirait de jour en jour.

Et puis, j'ai songé à leur réaction. Elles m'enfermeraient probablement en haut pour raconter toutes sortes de choses horribles à Théo à mon sujet, pour qu'il se tienne loin de moi. Eh bien, non. Je ferais bien ce que je voulais, et ce n'était pas elles qui allaient m'en empêcher. Je leur ai donc souri.

– Oui, j'ai eu un rendez-vous avec George. C'était amusant.

– Nous voulons des détails.

Tout à coup, avant même que je n'aie pu trouver une excuse pour éviter de mentir encore plus à mes amies et leur inventer un rendez-vous complet, le père de Blue est apparu dans la salle à manger pour nous ordonner de commencer à mettre la table.

Sauvée par un parent.

J'allais tellement me sauver après le dîner.

Dix-neuf heures cinq. Une fois de plus, personne n'était à l'heure pour le Club des devoirs.

Mais j'étais assise sur le canapé dans le petit bureau, sereine.

Théo viendrait avec ses amis. Je savais qu'il viendrait. C'était la suite qui m'inquiétait. Que se passerait-il ? Que faire s'il redevenait l'ancien Théo devant ses amis ?

Alors, il deviendrait de l'histoire ancienne. Il serait mort.

La sonnette a retenti, mais je n'ai pas bougé. Quelqu'un d'autre pouvait bien ouvrir. Je refusais d'avoir l'air de l'attendre.

Allie m'a envoyé un regard curieux avant de se lever du canapé pour ouvrir la porte.

C'était George.

— George, a beuglé Allie. C'est vraiment gentil d'être venu.

Je me suis redressée. J'avais oublié George. Il m'a souri, puis il s'est assis à côté de moi sur le canapé.

— Alors, quel film avez-vous vu vendredi ? a demandé Allie.

— Nous ne sommes pas sortis, a répondu George sans me laisser le temps d'exécuter mon numéro de fille qui s'étouffe. Ses parents ne lui ont pas donné la permission.

J'ai senti le regard d'Allie sur moi, mais je n'ai pas osé la regarder. Au moins Blue et Natalie n'y seraient pas ce soir. Blue avait quelque chose de prévu avec Colin, et Natalie était malade. Pour l'instant, je n'avais affaire qu'à Allie.

— Alors, euh, prêt à étudier ? ai-je dit en tapotant l'épaule de George. Ce n'était pas nécessaire qu'il révèle davantage de mes mensonges.

— Bien sûr, a répondu George en se tournant vers moi. Puisque tu ne peux pas sortir, pourquoi est-ce que je ne viendrais pas chez toi pour étudier ? Je pourrais venir demain.

J'ai senti une présence dans la pièce, et j'ai levé les yeux. Théo se tenait dans l'embrasure de la porte, et il fixait George d'un regard furieux, vraiment furieux.

— Alors, a continué George, je pourrais me faire déposer chez toi autour de dix-neuf heures. Est-ce que ça fonctionnerait pour toi ? Nous pourrions étudier jusqu'à vingt et une heures ?

Je ne pouvais pas détacher mon regard du visage de Théo qui s'est tourné pour me regarder.

— Frances ? a dit George en me touchant le bras. Alors ? C'est un rendez-vous ?

— Oui, a dit Allie. C'est un rendez-vous ?

Théo est resté planté là, me regardant.

Accepter l'invitation de George devant Théo serait l'insulte suprême. Je m'assurerais probablement l'attention de Théo pour au moins une semaine, surtout que lui et moi avions déjà un rendez-vous d'étude le lendemain.

— Frances ?

J'ai regardé George, avec son visage honnête, et je savais qu'il ne me demanderait jamais de sortir de chez moi en cachette et qu'il ne me mettrait pas dans l'eau chaude avec mes parents. Il ne me mettrait jamais la main aux fesses, non plus. C'était le genre de garçon qu'il me fallait.

Si j'avais un minimum de cervelle, j'accepterais son invitation sur-le-champ, ce qui enverrait un message très clair à Théo.

— George…

— Ouais ?

J'ai lancé un autre regard vers Théo, et j'ai vu un tendon qui saillait dans son cou.

— Désolée, George. Je ne peux pas. Pas demain.

Théo n'a rien dit. Il s'est contenté de tourner les talons pour sortir de la pièce.

Quoi ? Il n'allait pas m'envoyer un sourire spécial pour me remercier de l'avoir choisi lui, plutôt que George ? Ou alors un signe de la tête ou un clin d'œil ou quelque chose ?

Du grand Théo.

Salaud.

Pas de problème. Je ne voulais pas de lui, de toute façon.

– Allons étudier, George.

Quelques jeunes sont entrés dans la pièce, s'assoyant et sortant leur livre d'histoire. Ils ont étalé devant eux un sandwich qui faisait au bas mot un mètre et se sont mis à manger, se questionnant entre chaque bouchée.

On entendait à peine la musique qui jouait du salon, et j'ai entendu des rires provenant de la cuisine.

– M'excuserais-tu une minute, George ?

Il a acquiescé, l'air un peu déprimé. Bravo, Frances. Tu as réussi à le blesser.

J'ai souri.

– On pourra peut-être se voir un peu plus tard cette semaine.

Il a souri en hochant de la tête, beaucoup plus joyeux.

– D'accord.

– D'accord.

Je l'ai laissé sur le canapé pour me rendre à la cuisine. Il y avait là beaucoup de jeunes qui jouaient au jeu que Théo m'avait expliqué : chaque fois qu'un participant donnait une mauvaise réponse, l'autre équipe lui choisissait une punition stupide. Je suis arrivée à temps pour voir un gars qui se cassait un œuf sur la tête.

J'ai pensé passer un commentaire quand j'ai vu quelqu'un sortir de la nourriture du réfrigérateur, mais je me suis abstenue. Ils étudiaient, non ?

Impressionnée par ma propre retenue, j'ai traversé la cuisine pour me rendre au salon. Il y avait de la musique, le panier de basket miniature était installé, et quelques personnes dansaient. Mais ceux qui tiraient au panier se questionnaient, et ils ne tiraient le ballon que s'ils avaient eu une bonne réponse.

Il y avait aussi un grand débat qui faisait rage près de la table à café à propos de quelque chose qui avait l'air plutôt cru, mais c'était un sujet d'actualité, alors ça allait.

Puis, j'ai regardé la piste de danse. Il y avait deux personnes qui dansaient, et elles n'avaient pas l'air d'étudier grand-chose. À moins qu'il ne s'agisse d'éducation sexuelle.

Théo était appuyé contre le mur de l'autre côté de la piste de danse, les bras croisés, et il avait l'air d'une humeur massacrante. Je me suis rendu compte du moment où il m'a aperçue. Ses sourcils étaient montés et il désigna la pièce du menton, voulant sans doute m'indiquer que les gens étaient vraiment en train d'étudier.

J'ai hoché la tête.

Puis, il s'est décollé du mur et s'est mis à marcher vers moi.

Mon cœur idiot s'est mis à battre plus fort et j'ai senti mon estomac se contracter.

Puis, une fille s'est levée du canapé pour enrouler ses bras autour de la taille de Théo, roucoulant qu'elle voulait danser avec lui. Théo lui a souri, et juste au moment où je m'apprêtais à marcher vers eux pour assommer la fille avec un dictionnaire, il s'est libéré de son emprise et l'a remise sur le canapé.

Puis, il a repris sa marche vers moi.

D'accord, alors maintenant j'étais contente d'avoir dit non à George.

Il s'est arrêté devant moi, si près que je pouvais presque sentir la chaleur de son corps.

– Alors.

J'ai levé les yeux sur lui.

– Ça a l'air de bien fonctionner.

– Pas trop amusant ?

– Plus amusant que nécessaire pour moi, mais ça semble fonctionner.

Il a souri.

Et je lui ai souri en retour.

– Viens ici.

Il m'a pris le poignet et m'a amenée vers la cuisine, s'arrêtant dans le petit couloir entre les pièces. De l'endroit où nous étions, personne ne pouvait nous apercevoir. C'était comme si nous étions seuls.

Il a posé ses mains sur mes épaules et m'a poussée doucement pour appuyer mon dos contre le mur, dans le coin. Allait-il m'embrasser? Encore? Avec tous ces gens autour de nous?

Non, je ne le laisserais pas faire. Je ne voulais pas l'embrasser. C'était un salaud.

Salaud.

Salaud.

Salaud.

J'ai mis mes mains sur sa taille.

Et je l'ai embrassé.

Oups. Je n'avais pas prévu le coup.

Mais tant qu'à avoir commencé…

Théo a réagi instantanément, m'embrassant en retour, ses mains sur le bas de mon dos. Je le suivais, parant chaque assaut coup pour coup, l'embrassant de toutes mes forces.

– Qu'est-ce que vous faites, vous deux?

J'ai repoussé Théo en me retournant.

– Allie ?

– Théo !

Allie écarta Théo de moi rudement.

– Es-tu devenu fou ?

Théo n'avait pas l'air trop penaud.

– Salut, Allie.

– Tu ne peux pas embrasser Frances !

– C'est elle qui a commencé.

J'ai foudroyé Théo du regard. Il avait l'air drôlement amusé. Bien sûr qu'il était amusé. Il était un mec, non ? Se faire surprendre à embrasser une fille ferait des merveilles pour sa réputation.

– Je ne t'ai pas embrassé.

– Tu l'as embrassé ? a protesté Allie faiblement. Mais c'est Théo !

– Et alors, je ne conviens pas ? dit Théo, l'air un peu vexé.

– Tu es un salaud, a expliqué Allie. Frances a besoin d'un gentil garçon.

Théo s'est renfrogné. Parfait. Qu'il se sente mal.

– Pourquoi tout le monde me traite de salaud ?

— Parce que tu es tout à fait capable de l'être, a rétorqué Allie. Frances, à quoi tu pensais ? Et George ?

Théo s'est croisé les bras en me regardant.

— Ouais. Et George ?

— Il est beaucoup plus mon type de garçon, ai-je dit.

Théo a grogné alors qu'Allie acquiesçait.

— Oui, c'est vrai, a-t-elle dit.

Puis, ses yeux se sont écarquillés.

— C'est avec Théo que tu es sortie vendredi soir ?

— Peut-être.

Allie a pivoté, les mains sur les hanches.

— Théo ! Qu'est-ce que tu lui fais ? Tu la corromps ?

— Elle est assez corruptible, a-t-il dit, ne tressaillant qu'un peu sous mon coup de pied au tibia.

— Tu crois vraiment que je pourrais lui faire faire quelque chose qu'elle n'a pas envie de faire ? Je crains pour ma vie lorsque je suis avec elle.

Comme c'était adorable ! Un dur à cuire comme Théo qui me respectait. Je lui ai envoyé un sourire, et il m'a souri en retour.

— Toi, tu viens avec moi, a dit Allie en attrapant mon bras. Elle leva le doigt en direction de Théo.

— Tu restes loin d'elle.

Théo m'a souri jusqu'à ce qu'il nous perde de vue.

Allie m'a traînée jusqu'à sa chambre, en passant par le salon et l'escalier qui menait à l'étage. Elle a claqué la porte de sa chambre derrière nous.

— Qu'est-ce que tu fais ?

Je me suis contentée de sourire en repensant à combien il avait été mignon lorsqu'il avait dit qu'il avait peur de moi. Parlez-moi du « pouvoir des filles » !

— Il va te briser le cœur, Frances. Tu ne nous as donc pas écoutées ? Avais-tu la tête dans le sable pendant les dix dernières années pour ne pas remarquer la traînée de filles que Théo a laissées derrière lui ? Tu es trop bien pour lui.

Je lui ai souri.

— Il embrasse bien.

— Bien sûr qu'il embrasse bien ! Il a dû embrasser un millier de filles !

Ouais, bien dit comme ça, c'était moins reluisant. Allie s'est assise à côté de moi sur le lit et a poussé un soupir.

— Frances, il n'étudie pas. Il ne traite pas bien les filles. Il n'est pas assez bien pour toi.

Je l'ai regardée.

– Tu as peut-être raison.

– Bien sûr que j'ai raison.

– Il vient chez moi pour un rendez-vous d'étude demain soir.

– Et alors ?

– Alors, toute ma famille fera des va-et-vient dans la pièce. Il n'aura aucune chance de m'embrasser. Ça portera vraiment sur l'étude.

– Et alors ?

– Alors, il y a peut-être un côté de lui que tu ne connais pas.

Elle a dressé un sourcil.

– Il te plaît vraiment, hein ?

– Parfois.

– Et les autres fois ?

– Je pense qu'il est un salaud. Mais quand je lui dis ça, il se reprend vraiment bien.

Allie m'a longuement regardée.

– C'est vrai qu'il a dit qu'il avait peur de toi.

– Bien sûr qu'il a peur de moi. Je pense que je suis la première fille qu'il rencontre qui n'est pas prête à sauter sur la banquette arrière d'une voiture avec lui.

Pas encore, en tout cas. Parce que, à bien y penser, l'idée avait du bon. J'ai souri.

– Il est en train de faire de moi une déviante.

– Et c'est censé être bien, ça ?

J'ai pensé pendant un moment, puis j'ai fait « oui » de la tête.

– Il me fait rire et il me montre à avoir du plaisir.

Allie a fait une moue.

– C'est vrai que tu peux être un peu trop sérieuse.

– Oui, tu m'en as déjà glissé un mot.

– Hum.

Nous sommes restées assises comme cela durant quelques minutes, puis Allie a dodeliné de la tête.

– D'accord, c'est bon. Du moment que tu me promettes que tu feras tout pour qu'il continue à avoir peur de toi, et que tu ne sauteras pas sur la banquette arrière d'une voiture avec lui, ça pourra aller.

Je lui ai souri.

– Je ne sais même pas si tout ça va mener à quelque chose de sérieux.

– Et ça te va quand même ?

– Bien sûr. Pourquoi pas ? Il ne me plaît qu'à moitié.

Ça faisait partie du plaisir.

– Mais j'ai bien peur de ne plus vouloir sortir avec George.

Allie a souri.

– Moi non plus, je n'en aurais pas envie.

– Alors, euh, tu crois que nous devrions en parler à Blue et Natalie ?

Son sourire s'est fané.

– Blue va piquer une crise.

– Comme toi.

– On devrait peut-être attendre pour voir s'il y a de quoi lui faire piquer une crise.

Ouf.

– Ça me va.

– Mais je n'aime pas leur mentir.

Bienvenue au club.

– Moi non plus.

C'était ça le problème avec ma vie en ce moment. Elle était remplie de déceptions. Mentir à mes parents à propos du Club des devoirs, à propos de Théo, sortir en cachette le soir, cacher des trucs à mes amies, rentrer dans une boîte par la porte arrière. C'était très amusant et excitant, mais en même temps, je me sentais vraiment coupable.

Tôt ou tard, quelque chose allait céder. Je ne pouvais pas continuer comme ça indéfiniment.

CHAPItRE 10

Ma mère me regardait.

– Théo vient ici pour étudier ?

– Oui.

Comment pouvait-elle avoir une objection à ce que je fasse mes devoirs chez moi ?

– Il n'est pas en quatrième ?

– Oui.

– À une autre école.

– Et alors ?

– Alors, quel devoir pouvez-vous bien avoir en commun ?

Euh !...

– Et ne me dis pas qu'il est ton tuteur. Tu n'as que des A.

Mon cerveau était une page blanche.

– C'est une drôle de coïncidence que ce soit Théo qui soit venu te chercher vendredi soir, et que ce soit lui qui t'ait raccompagnée par la suite.

Je me sentais comme si j'allais m'étouffer.

— Et que les parents de Blue n'aient pas été là pour me confirmer que tu étais chez eux.

Pourquoi mes sœurs ne peuvent-elles pas piquer une crise maintenant ? Où étaient les larmes ? Au secours !

— Et quand j'ai appelé chez Blue dimanche, sa mère m'a dit que tu étais en train de travailler avec Théo. Pas avec les filles, avec Théo.

J'aurais probablement dû songer à me préparer un bon mensonge, mais je n'avais vraiment pas prévu de me faire aussi totalement prendre.

— Alors ?

Ma mère s'est croisé les bras et m'a regardée.

— C'est moi qui suis sa tutrice.

Ma mère a plissé les yeux.

— Vraiment.

Le mot était saturé de scepticisme.

— Oui. Comme il est athlète, il faut qu'il améliore ses notes pour rester dans l'équipe, mais ça le gêne vraiment. Ça nuit à sa réputation, tu comprends ?

Je n'arrivais pas à y croire. Je mentais encore ? Mais qu'est-ce que je devenais ?

– Il a surtout de la difficulté en anglais, ai-je enchaîné. C'est Blue qui m'a demandé de l'aider. Comme ça, personne à son école ne s'en apercevra.

Elle n'a pas bronché, se contentant de me dévisager.

J'ai soutenu son regard, mais intérieurement, j'étais en train de m'effondrer. J'avais mal à l'estomac et j'avais l'impression que tout s'écroulait autour de moi.

– Ça paraîtra bien de mentionner que je suis une tutrice sur ma demande d'admission à l'université, ai-je conclu.

– Est-ce que tu me mens ?

– Non.

Je n'en pouvais plus. Il fallait que je lui dise la vérité.

Elle m'a fixée.

– Bon.

Bon ?

– Il peut venir.

J'ai souri.

– Mais je vais vous surveiller.

Mon sourire a disparu.

— Alors, ta mère croit que je suis un si mauvais élève que je dois recevoir le tutorat d'une élève de première année ?

Théo n'avait pas l'air très content quand je lui ai raconté l'histoire.

Nous étions assis dans la cuisine, les deux portes ouvertes sur le reste de la maison.

— Est-ce que j'avais le choix ? Elle savait qu'il se passait quelque chose entre nous deux.

— Mais est-ce que c'était nécessaire de lui dire que je suis stupide ?

— Qu'est-ce que ça peut bien te faire ? Tu n'étudies même pas.

Théo a rétréci les yeux en me regardant.

— Qu'est-ce que tu en sais ?

— Que tu n'étudies pas ?

— Oui.

— Est-ce que tu étudies ?

— Non.

J'ai souri.

– Alors pourquoi te fâches-tu ?

– Mes notes sont bonnes. Je n'ai pas besoin d'une tutrice.

– Alors, imagine comment elles seraient si tu étudiais.

Théo tambourina avec ses doigts sur la table.

– Tu prends vraiment les études au sérieux, hein ?

J'ai déposé mon livre.

– Oui.

Il fit un geste vers la table.

– Tu m'as vraiment invité ici pour travailler.

– Oui.

Il s'est frotté le menton et m'a regardée.

– Alors, où est la fille qui est allée danser vendredi ?

– C'est la même fille.

J'ai senti mon estomac se resserrer. Est-ce que c'était ici que tout se terminerait ? Il a découvert qui je suis réellement et il a décidé que j'étais trop ennuyante ?

– Hum.

– Est-ce que c'est mal ?

Il m'a regardée, puis il s'est penché vers l'avant pour poser la main sur la mienne.

– Non, ce n'est pas mal. C'est différent, c'est tout.

Est-ce que je le croyais?

Puis, il s'est penché un peu plus pour m'embrasser rapidement.

D'accord, je le croyais. Peut-être que ça pourrait fonctionner entre nous.

Trois semaines plus tard, nous étions de nouveau assis à ma table de cuisine. C'était le sixième rendez-vous d'étude que nous tenions chez moi, et ma mère me croyait vraiment. Théo avait commencé à apporter des trucs à étudier, et il avait l'air de prendre le travail au sérieux.

Nous étions vendredi soir, et il était là, avec moi.

C'était un signe, n'est-ce pas?

En plus, le Club des devoirs allait vraiment bien. Les notes des jeunes s'étaient améliorées, et Théo n'avait même plus à patrouiller pour contrôler la situation. Ça fonctionnait vraiment.

Tout allait bien.

Ma mère est apparue dans l'embrasure de la porte de cuisine.

– Nous sortons tous pour une glace. Vous voulez nous accompagner ?

Ils y allaient tous ? Nous serions donc seuls dans la maison ?

– Non merci. On va continuer à travailler.

Théo et moi n'avions jamais été seuls ensemble. Puisque j'étais un peu punie et que je n'avais pas le droit d'aller ailleurs, nous nous voyions uniquement au Club des devoirs, chez Blue et chez moi.

– D'accord, alors nous serons de retour dans environ une heure.

– Au revoir.

Théo me fixait.

Nous sommes restés immobiles tous les deux, jusqu'à ce que la porte avant se referme. Nous avons entendu démarrer la voiture, puis elle a reculé, et nous sommes restés ainsi pendant une autre longue minute.

Puis, un sourire malicieux est apparu sur le visage de Théo, et mon cœur s'est mis à battre la chamade.

– Est-ce que je t'ai dit à quel point je te trouve mignonne ce soir ?

Je lui ai décoché un regard arrogant.

– Non.

– Super mignonne.

Il a repoussé sa chaise vers l'arrière, il s'est levé et s'est rendu jusqu'à moi. Il m'a tendu la main.

– Tu veux danser ?

Comme si je devais y réfléchir longtemps !

– Il n'y a pas de musique.

– Je chanterai.

Wow. Je l'ai laissé me mettre debout, et j'ai passé les mains derrière son cou. Il a ancré ses mains derrière mon dos et m'a tirée tout contre lui, se balançant tendrement en chantant doucement. C'était la chanson sur laquelle nous avions dansé langoureusement à la boîte.

– Tu te souviens de cette chanson ?

– Bien sûr, a-t-il dit. Il m'a embrassé le bout du nez tout en fredonnant. Comment pourrais-je l'oublier ?

Comment, en effet ? Et dire que j'ai déjà traité ce mec de salaud.

– Ça te dérange si je t'embrasse ?

J'ai souri.

– Peut-être.

– Peut-être, hein ?

Il a lentement fait courir ses mains dans mon dos en faisant des mouvements circulaires. J'ai noté qu'il a tenu ses mains loin de mon derrière.

Garçon brillant.

Il a penché la tête, et je l'ai rejoint à mi-chemin.

Je commençais à devenir accro aux baisers.

– Frances ! Le cri rauque de ma mère a fait éclater ma béatitude.

Oh, non. J'ai reculé soudainement, trébuchant sur la chaise. Si ce n'avait été de la poigne rapide de Théo, je me serais étalée par terre. Malheureusement, je me suis étalée dans ses bras.

Devant ma mère complètement horrifiée.

– Mme Spinelli, je peux vous expliquer, a dit Théo en se plaçant devant moi.

Il me protégeait de ma propre mère ? Quel garçon. Dommage de penser qu'il se retrouverait dans les poubelles dans environ deux minutes, quand mon père entrerait dans la maison.

– Toi. Sors de ma maison, a dit ma mère à Théo. Maintenant.

– Ce n'est pas la faute de Frances.

– Dehors !

Théo m'a regardée et je l'ai rassuré.

– Ça va.

– Je reste si tu veux.

Il faisait totalement abstraction des hurlements de ma mère parce qu'il croyait que j'avais besoin de lui.

Je pourrais l'aimer, ce garçon.

– Ça va aller.

Ou ça va barder. Mais, d'une façon ou d'une autre, ce n'est pas Théo qui pourrait me sauver.

– Je t'appellerai.

– Non, tu ne l'appelleras pas.

Ma mère a empoigné ses bras et l'a expulsé, faisant ensuite claquer la porte derrière lui. Puis, elle s'est tournée vers moi.

– Toi. Assieds-toi. Je vais chercher ton père dans la voiture.

Je me suis assise.

Ma mère est sortie en murmurant quelque chose à propos du fait qu'elle n'avait jamais été aussi heureuse d'avoir oublié son portefeuille.

Ouais, moi aussi.

Faux !

Allie s'est assise à côté de moi à la cafétéria, écoutant le récit de mes peines. Elle était la seule à qui je pouvais en parler. Je n'avais le droit d'aller chez aucune de mes amies, ni même de parler au téléphone. Mais mes parents ne pouvaient pas m'empêcher d'aller à l'école.

– Alors, tu as parlé à Théo depuis ?

J'ai fait « non » de la tête.

– Comment ? Mes parents ne me laissent pas parler au téléphone.

– Pourquoi pas un message électronique ?

– Ils m'ont confisqué mon modem.

– Aïe !

– Ouais.

– Pourquoi tu n'utilises pas les ordinateurs de l'école ?

Oh, wow.

– Je n'avais pas pensé à ça.

J'allais tellement écrire un message à Théo après le déjeuner.

– Et le Club des devoirs ?

– C'est terminé.

– Quel ennui.

– Ouais.

Ma vie était nulle.

– Au fait, euh, j'ai tout raconté à Blue et à Natalie, a dit Allie.

– Est-ce qu'elles me détestent ?

– Non.

Je l'ai regardée.

– Vraiment ? Elles ne sont pas fâchées que je leur aie menti ?

– Elles sont fâchées de ne pas avoir de détails concernant les baisers de Théo.

J'ai souri.

– Vraiment ?

– Je te jure. Je crois que tu devras les supplier un peu, mais elles te pardonneront.

Ouf.

Ou non.

Qu'est-ce que ça changeait ? Je n'aurais plus jamais la permission de les revoir.

Le lendemain, quand je suis arrivée à l'école, j'avais reçu un message de Théo en réponse au mien.

Frances ! Je suis content d'avoir eu de tes nouvelles. Tu me manques. Sors les ordures vendredi soir à vingt et une heures. Je te rencontrerai dans ta cour arrière.

Théo

Hourra !

J'étais si excitée que j'ai écrit un message à Natalie et à Blue pour leur raconter. J'espérais qu'Allie avait vu juste et qu'elles m'avaient pardonné, parce que j'avais encore besoin d'elles dans ma vie ! Il y a des trucs qui sont tellement excitants qu'il est essentiel de les partager.

Ensuite, comme je me sentais coupable, j'ai envoyé un message à George pour lui dire que je ne pourrais plus avoir de rendez-vous avec lui.

Vingt et une heures et une minute.

Vendredi soir.

Est-ce que Théo se trouvait dans ma cour arrière ?

— Au fait, je vais sortir les ordures.

J'ai soulevé le sac que je venais de sortir de la poubelle située sous l'évier.

– Je reviens tout de suite, ai-je dit.

Ma mère, qui était au cœur d'une profonde discussion avec mon père, m'a fait un signe distrait de la main. Parfait. Elle ne se rendrait pas compte si je restais dehors durant quelques minutes.

J'allais voir Théo ! J'étais tellement excitée.

J'ai ouvert la porte de derrière, puis je l'ai refermée fermement.

– Théo ? ai-je chuchoté. Mais il n'y avait aucun bruit.

Est-ce que j'étais à l'avance ? Ça serait horrible, parce que je ne pouvais pas traîner dans la cour arrière pendant une heure en l'attendant.

– Théo !

Rien.

Salaud. Heureusement que je ne m'étais pas fait une joie de le voir.

J'ai descendu les marches pour me diriger vers la remise que nous utilisions pour empêcher les ratons laveurs de s'attaquer à nos ordures. J'ai lancé le sac dans la remise et j'ai refermé la porte, puis j'ai senti une main s'insinuer autour de ma taille pour me tirer derrière la remise.

J'ai souri, ne craignant pas vraiment pour ma vie.

Comme prévu, après m'être bien cachée, je me suis retournée pour apercevoir Théo qui se tenait là.

– Salut.

Il m'a embrassée.

Est-ce que j'ai déjà dit que je découvrais vraiment le plaisir d'embrasser ?

– Alors, tu es prête ? m'a-t-il demandé.

– Prête pour quoi ?

De quoi parlait-il ? Pourquoi ne se contentait-il pas de m'embrasser jusqu'à ce que je doive rentrer à l'intérieur ?

– Pour danser.

Il m'a fait tourner dans ses bras, puis m'a tirée contre lui.

– Mmm. J'aimerais vraiment ça.

J'ai collé mon visage contre sa poitrine et je me suis rendu compte que je n'aurais plus autant de scrupules à retourner en cachette dans cette boîte. Quelle dégénérée, alors !

– Sérieusement, allons-y.

Il a reculé en prenant ma main pour me faire traverser la cour.

– Quoi ?

Je lui ai arraché ma main. Tu veux encore que je sorte en cachette ?

– Bien sûr, a-t-il dit, s'arrêtant, l'air étonné. Sinon, comment allons-nous nous voir ?

— Théo, je suis déjà punie. Je ne peux pas sortir en cachette.

— Pourquoi pas ? Qu'est-ce qu'ils peuvent te faire de plus ?

— Ils pourraient ne plus jamais me faire confiance.

— Et alors ?

— Et alors ? ai-je répété, en me rendant jusqu'à lui pour lui asséner une bourrade du bout du doigt. J'admets volontiers que j'ai eu du plaisir avec toi, mais je ne peux plus gaspiller ma vie là-dessus.

— Passer du temps avec moi, c'est gaspiller ta vie ?

Il s'est croisé les bras, les paupières mi-closes.

— Merci, a-t-il ironisé.

— Mais non, ce n'est pas toi le problème.

Mon Dieu ! Les garçons peuvent être tellement sensibles.

— C'est le fait que mes parents doivent reprendre confiance en moi. Je ne veux pas être punie pour le reste de ma vie, ai-je terminé.

— Continue de les faire paniquer, et éventuellement, ils se rendront compte qu'ils n'ont aucun contrôle sur toi.

— Venant de la bouche de celui qui n'a jamais raté un dîner de la famille Waller.

Il a arqué un sourcil.

– Je n'ai pas besoin de me rebeller. Mes parents me laissent faire ce que je veux.

– Tant mieux pour toi. Moi, je dois transiger avec les miens, ce qui veut dire que je ne dois pas les pousser assez à bout pour qu'ils considèrent qu'il serait préférable de me menotter à l'ordinateur.

– Alors, on ne se reverra plus ?

– Théo ! Qu'est-ce que tu veux que je fasse ?

– Bats-toi pour moi !

– En mentant encore à mes parents ? ai-je répondu en faisant « non » de la tête. Pas question. Je ne fais plus ça.

Même si j'avais été punie, j'avais ressenti du soulagement lorsque la mascarade s'était terminée. Mentir ne m'allait pas très bien.

Il restait toutefois un gros mensonge qui n'avait pas été dit. Le Club des devoirs. Mais je ne le dévoilerais jamais à mes parents celui-là. Ils pensaient que Théo et moi, c'était le seul mensonge, et ils l'oublieraient aussitôt que je leur présenterais de bonnes notes. Mais si je leur désobéissais encore, j'aurais de sérieux problèmes pendant un bon bout de temps.

– Donne-moi quelques semaines, et je vais tout arranger.

– Quelques semaines ?

– Oui.

Théo a fait « non » de la tête.

– Viens avec moi ce soir.

J'ai frappé du pied.

– Arrête de me demander ça ! Je ne peux pas !

– Oh, allez Frances ! Je croyais que tu commençais à te décoincer.

– Et moi je croyais que tu commençais à me respecter.

Il m'a foudroyée du regard.

Je l'ai fusillé du mien.

– Alors, tu ne viens pas ce soir ? m'a-t-il demandé.

– Non.

Pourquoi ne pouvait-il pas reconnaître ce que j'avais à faire ?

– Super.

– Super.

Salaud.

Il a tourné les talons et il est parti.

Je me suis tournée aussi et je suis rentrée dans la maison. Aussitôt que ma punition prendrait fin, j'appellerais George Moon

et j'aurais un rendez-vous avec quelqu'un qui comprenait vraiment qui j'étais.

En attendant, j'avais un article à écrire sur le Club des devoirs.

Deux semaines plus tard, même si j'avais rapporté trois A à la maison, j'étais toujours punie. Selon mes parents, c'était le mensonge le gros bobo. Ils m'avaient dit qu'ils se seraient éventuellement faits à l'idée que je fréquente Théo (ah, merci de me le dire maintenant), étant donné qu'il était le frère de Blue et qu'ils le connaissent depuis longtemps. Mais le fait que je les aie totalement trompés au sujet de la nature de ma relation avec lui et sur le fait que j'étais sortie avec lui ce fameux vendredi soir ? C'était un abus de confiance total.

Ils m'avaient dit que ça prendrait peut-être des années avant qu'ils me refassent confiance.

Génial.

J'étais assise à l'ordinateur de la bibliothèque, lisant des messages de Blue et Natalie qui m'avaient complètement pardonné et qui pensaient à des façons de kidnapper mes parents pour que je puisse revoir tous mes amis. Il y avait même un message de George qui avait l'air vraiment soulagé de ne plus avoir de pression au sujet du rendez-vous, et pour qui c'était bien suffisant que nous demeurions des camarades d'étude.

Tout allait bien.

Sauf que je n'avais pas eu de nouvelles de Théo depuis le soir
où je l'avais vu chez moi, et je discutais avec Allie à savoir si
je devais lui envoyer un message ou non; le même débat que
nous avions depuis deux semaines.

Allie était assise à côté de moi.

– Tu sais, nous t'avions prévenue que Théo était trop différent
de toi.

– Mais il n'est pas si différent.

D'accord, il avait un côté extravagant, mais il étudiait, il avait
fait fonctionner le Club des devoirs et il me faisait rire. J'aimais
le fait qu'il soit parvenu à me décontracter. Je ne voulais évidemment pas devenir plus amusante que je l'étais maintenant,
et là était le problème. Je ne l'étais pas assez pour lui.

Soupir.

– Blue m'a dit qu'il n'était sorti avec aucune fille au cours des
deux dernières semaines.

J'ai regardé Allie.

– Vraiment?

J'ai ouvert le dernier message de Blue et je me suis sentie ras-
surée; c'était le même message.

– Wow.

– Hmm hmm.

– C'est inhabituel de la part de Théo.

– C'est ce que nous nous sommes dit aussi.

Nous. Ce qui incluait toutes mes amies, excepté moi.

– Vous me manquez beaucoup.

– Tu nous manques.

Allie était assise à califourchon sur sa chaise; elle s'est penchée vers moi.

– As-tu essayé d'en reparler à tes parents ?

– Un peu, mais chaque fois que j'essaie d'amener le sujet, ils se ferment.

Une fille s'est approchée de nous.

– Bon travail, Frances.

J'ai levé les yeux.

– Quoi ?

Mais elle était déjà partie.

J'ai regardé Allie.

– De quoi elle parlait ?

Elle a haussé les épaules.

— Tu devrais envoyer un message à Théo.

— Non. Pourquoi ? C'est lui le salaud.

Une autre fille s'est approchée et m'a tapoté l'épaule.

— Beau boulot, Frances.

Je l'ai regardée.

— Qu'est-ce qui se passe ?

Allie s'est retournée pour regarder la fille, elle aussi.

— As-tu fait quelque chose d'incroyable ? As-tu mis le feu au labo ou quelque chose du genre ?

— Non.

Nicole, une de nos amies de classe, a accouru vers nous en agitant quelque chose.

— Oh mon Dieu, Frances. Tu es la vedette de l'heure !

J'ai agrippé son poignet pour qu'elle ne puisse pas s'échapper.

— De quoi parles-tu ?

— De ceci !

Elle a fourré un papier dans ma main.

— Tout le monde parle du Club des devoirs. Il y a une délégation du journal de l'école qui se réunira avec les chefs des départements des deux écoles à la fin de la semaine pour discuter d'un programme d'échange. Tu es une héroïne ! a-t-elle claironné en me souriant, puis elle a jeté un coup d'œil à sa montre. Je dois y aller. Beau travail !

Elle est partie à toute vitesse, alors qu'Allie et moi nous regardions perplexes.

Après un moment, Allie m'a pris le journal des mains et l'a ouvert.

Mon article était là, en plein milieu de la première page. Et mon nom apparaissait sous le titre.

Frances Spinelli.

Oh, wow.

Allie est restée assise et s'est mise à lire tout l'article à voix haute, incluant l'éditorial de la fin qui traitait de la proposition de faire un programme d'échange, et du fait que mon article constituait le premier pas.

Elle a déposé le journal et elle m'a souri.

Puis, nous nous sommes toutes les deux mises à crier en même temps, nous nous sommes empoignées et nous avons commencé à danser dans la bibliothèque. Même les « chut ! » du bibliothécaire ne sont pas parvenus à nous faire taire.

J'avais réussi !

C'était tellement génial !

L'euphorie a continué tout au long de la journée. Les jeunes me disaient « beau boulot » partout où j'allais, et certains professeurs m'ont même félicitée discrètement pour la qualité de mon article.

J'étais la vedette du jour !

Et voilà ! Mes parents ne pourraient jamais plus ne pas me faire confiance ! Ils verraient à quel point j'étais responsable et ils tomberaient à mes pieds, implorant mon pardon pour avoir manqué de confiance en moi.

Et je leur pardonnerais peut-être.

Ou non.

Et si Théo revenait en rampant, voulant me fréquenter parce que j'étais devenue célèbre ? Qu'il oublie le projet !

CHAPItRE 11

Après les cours, je suis entrée à toute vitesse dans la maison, le journal à la main.

– Maman !

Il était trop tôt pour que papa soit à la maison, mais maman devait être là.

– Je suis dans la cuisine, Frances.

J'ai couru dans la maison et je suis entrée en trombe dans la cuisine.

– Papa ! Tu es à la maison !

Génial !

– Assieds-toi, Frances.

J'ai alors remarqué leur air maussade. Oh Mon Dieu ! Est-ce que quelque chose était arrivé ?

– Qu'est-ce qui ne va pas ?

– Assieds-toi.

Je me suis laissée tomber sur une chaise.

– Qu'est-ce qui ne va pas ?

– Ceci.

Mon père montra la table du doigt, là où reposait une copie du journal avec mon article. Quoi? Ils étaient fâchés au sujet de mon article? J'ai levé les yeux.

— Mon article?

— Est-ce qu'on pourrait avoir une explication?

Mon père croisa les bras et ma mère m'a envoyé un regard qui disait que je l'avais complètement déçue.

Wow, rien de tel pour démolir mon enthousiasme. Qu'est-ce que c'est nul des parents!

— Frances. Explique.

D'accord.

— Grâce à l'article que j'ai écrit, il y aura une rencontre entre une délégation et l'administration de chaque école afin de créer un programme d'échange entre les écoles Field et North Valley. J'ai été acclamée comme une héroïne pendant toute la journée. Votre fille est une vedette.

J'ai cru capter une ombre de fierté sur le visage de mon père, mais ma mère demeurait insensible.

— Nous ne parlons pas de cela!

J'ai poussé un soupir.

— Alors quel est le problème?

– Nous t'avions interdit de continuer ce Club des devoirs, mais selon cet article, tu as quand même décidé d'aller de l'avant avec le projet. Tu nous as menti sans arrêt à chaque fois que tu y es allée?

Ah. C'est pour ça qu'ils sont en colère. J'imagine que j'avais oublié ce petit détail.

– Tu as raison.

– Alors tu l'admets?

Ma mère avait l'air si triomphante qu'elle me donnait envie de hurler. Pourquoi est-ce qu'elle ne pouvait pas être fière de moi?

– Bien sûr que je l'admets. J'ai quand même organisé le Club des devoirs. C'est de votre faute si j'ai dû mentir.

– Notre faute?

La voix de ma mère était lourde de menaces.

J'ai jeté un coup d'œil vers mon père. Pourquoi ne disait-il rien? Normalement, il appuyait ma mère pour maintenir la discipline.

– Oui, c'est de votre faute.

– Comment ça?

J'ai encore regardé ma mère.

– Vous ne comprenez donc pas? Vous me rendez folle!

– Quoi ?

Ma mère s'est levée, elle s'est penchée au-dessus de la table et m'a lancé un regard noir, comme si elle avait perdu la raison.

– As-tu idée des sacrifices que nous avons dû faire pour t'offrir des possibilités que nous n'avons jamais eues ?

– Vous ? me suis-je exclamée en me levant d'un bond. C'est MOI qui ai une bourse d'études. C'est MOI qui n'obtiens que des A. Que faites-vous pour moi ?

– Nous prenons soin de tes frères et sœurs pour que tu puisses faire tes devoirs !

– Tu es ma mère ! Ça fait partie de ta description de tâches !

– Frances ! a interrompu mon père en se levant. Fais attention. Ta mère travaille beaucoup plus fort qu'elle ne le devrait.

– Oui, eh bien, moi aussi ! Avez-vous idée de tous les efforts que je dois faire pour obtenir mes notes ? J'ai une réputation de nulle à l'école parce que je ne fais jamais rien. Et lorsque je trouve enfin une activité avec d'autres jeunes qui me permettra non seulement d'étoffer ma demande d'admission à l'université, mais également de développer mes aptitudes sociales, vous avez si peu confiance en moi que vous m'interdisez de le faire ? Vous n'avez pas remarqué que mes notes sont restées excellentes, et ce, malgré le fait que j'aie organisé le Club des devoirs et que j'aie fréquenté Théo ? Vous ne comprenez donc pas ? Je suis capable de tout faire, et si vous refusez de me faire confiance ou de me laisser un peu de liberté, vous allez faire de moi une rebelle droguée aux mamelons percés qui craque sous la pression parentale !

Ouf.

Ma gorge me faisait mal après cette séance de cri primal.

Mais je me sentais bien. Il était grand temps que j'affronte mes parents.

En parlant de parents… J'ai jeté un coup d'œil vers maman et papa qui se regardaient, les yeux grands ouverts et les lèvres serrées. Qu'est-ce que c'était que cette expression? Le choc? De l'horreur? Une tentative de télépathie pour saisir une camisole de force et me faire enfermer dans une institution?

Après un moment, maman s'est rassise.

Puis, mon père s'est rassis.

— Assieds-toi.

Je me suis assise, j'ai glissé mes mains sous mes cuisses et j'ai attendu, balançant mes pieds sous la table.

— Il faut que vous me fassiez confiance.

— Tu as menti.

— Parce que vous ne vouliez pas me faire confiance.

Ma mère a soupiré. Elle n'avait plus l'air si contrariée. Elle avait plutôt l'air dégonflée, avec ses épaules tombantes et ses lèvres serrées.

— Nous voulons que tu réussisses.

— Et je réussirai ! Mais je dois aussi avoir une vie sociale, vous savez. Pourquoi ne me laissez-vous pas plus de liberté, au moins jusqu'à ce que je vous prouve que ça ne me convient pas ? Si mes notes en souffrent, alors vous pourrez me ramener à l'ordre. Mais aussi longtemps que je saurai maintenir mes notes, pourquoi est-ce que je ne pourrais pas aussi avoir une vie sociale ?

Je me suis reculée dans ma chaise.

— J'étais tellement fière de ma réussite avec cet article. Toute la journée, tout le monde m'a félicitée, même les profs !

Ma mère m'a regardée.

— Même les professeurs ?

— Oui, maman, même les professeurs.

— Hum.

— Imagine l'impact que ça aura sur mes demandes d'admission à l'université ! Je pourrai dire que, même en tant qu'élève de première année, j'ai été un élément clé pour le changement de la politique administrative de deux écoles.

Mon père a souri, et même ma mère a eu l'air de réfléchir.

— Pensez à ce que je pourrai accomplir au cours des trois prochaines années si vous m'en donnez la chance.

Ma mère a regardé mon père qui a fait « oui » de la tête. Vas-y, papa ! Maman s'est tournée vers moi.

– Frances, tu as raison. Tu pourras t'impliquer dans le journal l'an prochain.

– C'est vrai?

Génial!

– Il y a une réunion demain soir. Est-ce que je peux y aller? ai-je continué.

S'il vous plaît, laissez-moi y aller. Je voulais entendre tous les commentaires à propos de mon article. Demain soir, je ne serais plus une perdante qui s'asseyait contre le mur. Demain soir, je serais cool. Et, après cela, ce serait beaucoup plus facile d'y retourner. Je n'avais pas eu le courage d'y retourner depuis la première rencontre, mais si je pouvais y aller en tant que vedette, ce serait différent. Il fallait que j'en profite!

– Bien sûr que tu peux y aller, a dit mon père. Vas-y. Fais-le.

J'ai souri.

– Et est-ce que je peux retourner chez mes copines?

J'ai vu hésiter ma mère, et je suis intervenue aussitôt.

– Il faut que vous me donniez une chance de faire mes preuves. J'ai détesté vous mentir, mais j'ai besoin de mes amies. Fondez-vous sur mes notes : si elles baissent, alors vous pourrez restreindre mes visites.

Mon père a acquiescé et ma mère a roulé les yeux.

– D'accord, mais si ces notes se mettent à dégringoler…

– Elles ne baisseront pas !

J'ai bondi sur mes pieds. J'allais tellement me rendre à la maison de Blue pour tout lui raconter.

La maison de Blue.

Qui était aussi la maison de Théo.

J'ai repensé à la soirée dans ma cour, lorsque Théo m'avait accusée de ne pas me battre pour lui.

C'était un salaud.

Mais si je sortais maintenant de la cuisine sans rien ajouter, il aurait raison.

Je me suis donc rassise et j'ai serré les mains sur mes genoux.

– Et Théo ?

– Non.

Ma mère s'est calée sur sa chaise.

– Pas de fréquentations avant que tu aies dix-huit ans, a-t-elle ajouté.

– Dix-huit ans, a répété mon père.

Ce n'était pas négociable. Mais je n'arrivais pas à partir.

– Je suis une adolescente.

Les deux m'ont regardée.

– Pensez-vous vraiment que vous pouvez me convaincre de ne pas m'intéresser aux garçons pendant toute mon adolescence?

– Tu peux t'intéresser aux garçons, mais tu ne peux pas les fréquenter.

J'ai serré les dents.

– Je vais fréquenter Théo.

– Frances!

– J'en ai marre de vous mentir, alors je ne le ferai plus. Mais vous devez comprendre que je vais le fréquenter. Je préférerais avoir votre approbation et, comme ça, nous pourrions passer du temps ici et vous pourriez apprendre à le connaître en gardant un œil sur nous. Mais, si vous refusez de me laisser le fréquenter, je le ferai en dépit de vous.

Mon cœur battait très fort et mes mains tremblaient. C'était une chose de demander à mes parents de me laisser faire le journal et de passer du temps avec mes amies, mais de les défier ouvertement?

C'était enivrant!

Et terrifiant.

Parce que Théo était en jeu.

Mon père me regardait et, encore une fois, ça ressemblait vraiment à de la fierté dans ses yeux.

— Depuis quand tu es grande, toi?

J'ai cligné des yeux.

— Quoi?

— Tu n'es plus une enfant, hein?

— Non.

Il a hoché la tête.

— Les choses vont bien pour toi, Frances. Tu as fait du bon travail avec ton article.

J'ai souri.

— Merci.

Ma mère s'est raclé la gorge.

— Tu ne vas pas la laisser fréquenter des garçons tout de même?

Papa a secoué la tête.

— Non.

Ah!

— Mais j'ai bien l'impression qu'elle va passer du temps avec Théo. Je préfère la voir traîner ici, là où je peux les surveiller.

Il ne s'agit toutefois pas d'une fréquentation, a-t-il continué en me faisant « non » de la tête. Pas de fréquentations.

Une lueur d'espoir a vacillé à l'intérieur de moi.

– Pas de fréquentations, ai-je acquiescé.

Ma mère a soupiré.

– Pas de fréquentations.

– Et si tu es chez Blue et qu'il est là, lui aussi, ses parents doivent y être.

– D'accord.

Mais ce ne serait pas vraiment ma faute si j'allais là-bas pour voir Blue et que je découvrais que ses parents n'y étaient pas, mais que Théo, lui, y était.

J'ai souri. D'accord, je n'étais plus la Frances parfaite que j'étais avant. C'était un bon compromis.

– Alors, je peux y aller ?

– Où ?

– Chez Blue. Je veux lui dire, pour l'article.

Les yeux de mon père se sont rétrécis.

– Est-ce que Théo va y être ?

– Je n'en ai aucune idée.

J'espérais que oui. À moins qu'il ne soit trop tard pour nous. Je me suis levée.

– Je dois y aller.

– Est-ce que tes devoirs sont terminés ?

– Pas encore, mais je les ferai là-bas.

J'ai attrapé mon sac d'école.

– Frances !

Je me suis arrêtée et j'ai regardé mes parents.

– Mes devoirs seront terminés. Je le jure.

Après un long moment, mon père a regardé sa montre.

– Je veux que tu sois rentrée à vingt heures.

Vingt heures ? C'était un peu tôt.

Mais encore une fois, c'était mieux que d'être punie.

– D'accord. Vingt heures.

Il a acquiescé.

J'ai acquiescé.

Petits pas, mais énorme progrès.

Ne restait qu'un autre obstacle à franchir, et son nom était Théo.

J'ai couru à l'extérieur et j'ai descendu les marches de la véranda. Je venais tout juste de tourner à droite lorsqu'une voix m'a arrêtée.

— Frances.

Je me suis retournée. Théo était là, appuyé contre sa voiture qui était stationnée en face de ma maison. Il était si mignon avec ses jeans noirs, ses cheveux qui volaient au vent, et ses bras croisés comme s'il se fichait de tout.

— Salut, ai-je dit, gardant une voix distante.

— J'ai entendu parler de l'article.

— C'est vrai ?

— Bon travail.

J'ai souri.

— Merci. Tu as vu ton nom dans l'article ?

— Ouais. Tu n'avais pas besoin de faire ça.

— Je n'aurais pas réussi sans ton aide.

Il s'est déplacé un peu.

— Je n'avais pas l'air d'un salaud dans ton article. Tu n'as pas mentionné la première réunion à laquelle j'ai assisté.

— Oui, mais tu as sauvé ton honneur par la suite.

J'ai fait quelques pas vers lui, m'arrêtant juste hors de sa portée.

— Pourquoi es-tu venu jusqu'ici aujourd'hui ? ai-je continué.

— Pour te dire que tu avais fait un bon travail.

Ses yeux étaient méfiants et son visage était dur. Je me sentais un peu comme ça, moi aussi. Nous ne nous étions pas vraiment laissés en bons termes.

— Je ne suis plus en punition.

Il a fait un signe de la tête.

— C'est bien.

— Je peux m'impliquer dans le journal et passer du temps avec mes amis.

Il a soulevé un sourcil.

— Mais pas de fréquentations amoureuses.

Il a haussé les épaules.

— Je m'en fiche.

J'ai pris une profonde inspiration. Dis-le, Frances.

— Je leur ai parlé de toi.

Ses yeux se sont adoucis pendant un instant et ses lèvres ont tremblé sous l'effet de la surprise.

– Tu as fait ça?

– Mmm hmm. Ils m'ont dit que je ne pouvais pas te fréquenter.

– Ce n'est pas une surprise.

– Je leur ai dit que je le ferais de toute façon.

Il n'a rien dit. Il m'a regardée, la réticence quittant son visage pour être remplacée par une douceur qui a fait accélérer les battements de mon cœur.

– Et qu'est-ce qu'ils ont dit?

– Ils sont d'accord pour que tu passes du temps avec moi à la maison. Mais pas de fréquentations. J'ai souri nerveusement. Je pense que c'est un bon départ, ai-je terminé.

Il a acquiescé, sans rien rajouter. Il ne s'est pas approché de moi.

Pas que ça m'importait.

– À propos du Club des devoirs, a-t-il dit.

– Quoi?

– J'ai continué de le tenir.

Vraiment?

– Pourquoi?

– Parce que tu l'as démarré. Et que c'était un truc bien.

J'ai souri.

– Tu l'as fait pour moi ?

Il a pris un air renfrogné.

– Non.

– Oui, tu l'as fait pour moi.

– Je ne l'ai pas fait pour toi.

J'ai déposé mon sac à dos sur le trottoir et j'ai marché vers lui.

– Tu l'as fait pour moi.

Il a posé ses mains sur mes hanches et m'a tirée contre lui.

– Je ne ferais rien pour une fille.

– Menteur.

Il a souri.

Puis, il m'a embrassée.

– Frances Spinelli ! a crié ma mère à tue-tête depuis la véranda.

Théo a juré tout bas en me repoussant, et j'ai fait une grimace. J'étais déjà fichue ? C'était vraiment nul.

– Frances !

J'ai soupiré et je me suis retournée vers la véranda.

– Quoi ?

– Vous ne devriez pas rentrer dans la maison pour faire des devoirs, Théo et toi ?

– Elle ne me renvoie pas à la maison ? a chuchoté Théo.

Génial. J'essayais d'avoir un air suffisant.

– Je t'avais dit que je m'étais battue pour toi.

Il avait l'air impressionné.

– On dirait.

– À l'intérieur. Vos devoirs. Tous les deux. Maintenant !

Ma mère s'est plantée sur la véranda et a attendu.

J'ai pris mon sac à dos et j'ai regardé Théo.

– Alors ? Tu crois que tu arriveras à le supporter ?

– Supporter quoi ?

– De passer du temps avec une fille qui ne peut pas sortir dans les boîtes à tous les soirs ?

Il a souri en attrapant son propre sac à dos qui était sur le siège arrière de sa voiture.

– Je crois que je pourrai y parvenir.

J'ai souri et je me suis mise à marcher vers la maison, puis Théo m'a attrapée par le bras.

– Frances ?

– Quoi ?

– Le Club des devoirs ? Le fait que j'aie continué de le faire ?

– Ouais ?

– C'était peut-être pour toi.

J'ai souri.

– Je sais.

Il a souri, et j'ai senti que ça ne serait pas long avant que je trouve un moyen pour retourner danser avec lui. Parce qu'il m'avait transformée en une nouvelle personne que je commençais vraiment à apprécier.

Pour un salaud, Théo s'avérait être le garçon parfait.

Découvrez le début des aventures de Frances, Allie, Blue et Natalie dans *Garçons sur la Corde raide*.

Vous aimez un garçon, mais il vous laisse tomber.

Vous êtes déprimée. Devinez quoi ? Vous êtes sur la Corde raide. C'est un endroit malsain. Ce sont les garçons qui devraient s'y trouver, pas les filles ! Mettez les garçons sur la Corde raide et ils ne pourront jamais vous blesser.

Cela a l'air génial, n'est-ce pas ? Oui mais pas pour Blue Waller. Pourquoi devrait-elle mettre ce superbe gars de dernière année sur la Corde raide, juste au moment où il commence à la remarquer ? Et si elle ne le fait pas, va-t-il lui briser le cœur ?

Blue – c'est le diminutif de Blueberry – est prise au piège. Elle a le pire prénom de la planète, des parents qui entravent sérieusement sa vie sociale, une petite poitrine et des taches de rousseur. Heureusement, ses trois meilleures amies vont l'aider à trouver le grand amour – même si cela signifie braver la Corde raide.

Collection **ROMANS PINK**